『我与老城复兴』佳作选

中共合肥市包河区委宣传部 主编

合肥工業大學出版社

《“我与老城复兴”佳作选》编委会

序

写给老城

如同北京的胡同、上海的弄堂一样，每每穿梭在城市的小街巷中，就像坐上时光机，总能找到历史的光影。都说老城是一座城市的根与魂，我最爱去包河的老城寻根。用脚步丈量，用心去回味，是我最喜欢的与老城对话的方式。

记忆中的老城，是端庄又娴静的。包公园的斜柳、赤阑桥畔的传说，总会让人梦回千年。记忆中的老城又是热闹的，芜湖路上斑驳树影间穿梭的车流，曙光路边吆喝的小贩和冒着热气的锅灶，平添了许多市井气息。

有人说，老城老了。是的，和向南扩展的新城区相比，老城区虽然承载着城市的历史和记忆，但已不同程度出现了特色淡化、功能弱化、设施老化等问题，不再是城市新人安家落户的首选，也不再是投资者的趋之若鹜的宝地。它就像一位老者，身形不再矫健，眼里的光芒正在慢慢褪去。

摊开现在的包河区地图，老城区只有小小一块，但却涵盖了常青、芜湖路、包公、望湖四个街道，聚集了70万人口，占全区总人口的56%。在城市发展的进程中，老城作出了不可磨灭的贡献，也发挥了不可替代的作用。老城区的市民群众、驻地单位，也对老城有着深厚的情感、深挚的眷恋，渴望其能焕发生机活力、唤回历史记忆，渴望共享城市发展红利，过上更有品质的生活。

老城不应该，也不会被忘记。

2018年，包河区开始实施“老城复兴”计划，让新老城区一体共兴，一个“更有活力、更有魅力、更加宜居”的城市空间新蓝图已经勾勒出来。

为了寻找包河区的老城记忆，发现老城之美，2018年6月底，《新安晚报》社与包河区新闻中心（融媒体中心）共同启动了“我与老城故事”征文活动。历时半年多的征集、评选，200余篇投稿作品中诞生了一批优秀之作，生动展现了“我与老城的故事”“记忆中的包河老城”等主题。

投稿的作者从十几岁的孩童到90多岁的老者，年龄跨度大。他们来自社会各界，既有一直生活在包河老城的居民，也有曾在包河工作过的外乡人、参与过城市成长的建设者，还有生长在包河如今在外工作的游子……他们回忆了包河老城的往事，挖掘出了一些鲜为人知的历史，讲述了发生在包河老城这片土地上感人至深的故事；还有一些作者为“老城复兴”工程提出了建议，表达了美好的期许。

这本汇编出版的《“我与老城复兴”佳作选》收录了征文部分优秀作品。作者们用饱含深情的笔墨，描绘出属于包河的温暖和感动。在他们笔下，包河老城仿佛被重新赋予了生命，变得鲜活又动人。

就在他们为包河而歌的同时，老城正在焕发新的生机。历史文化、工业文化、市井文化、码头文化等元素与老城复兴紧密结合，一批具有历史底蕴、合肥特色的主题街区、城市建筑、中心广场等呼之欲出。公共停车场、街头游园等功能性公共设施不断完善，交通、绿化等环境不断提升……

复兴的老城，仍在不断向前。当明天的太阳升起，老城的故事，留在了光影文字中，也留在你我心里。

许辉

2019年10月8日

作者简介

许辉，安徽省文联副主席，安徽省作家协会第五届主席团主席，中国作家协会全国委员会委员，中国作家协会全国散文委员会委员，茅盾文学奖评委，曾率中国作家代表团访问日本、美国、加拿大，已出版文学专著近50种，作品获多种文学大奖，短篇小说《碑》是全国高考大试题、高校研究生入学考试大试题，中篇小说《夏天的公事》等曾入选北京大学等高校教材，收入“中国新文学大系”等权威选本，并翻译成英、日等文字出版发行。

目录

第二辑

获奖作品

第一辑 名家名篇

在老城里徜徉

许　辉

我们单位就在包河公园附近，那里是合肥繁华的老城区，每天上下班，常从树木葱茏的包河公园穿过。以前外地来了客人，也总会把他们领到包河公园里走一走，或去依水而建的包公祠，或去厚重典雅的图书馆，或去庄重肃穆的包公墓。包河公园南邻芜湖路，这是合肥老城少有的几条完好保存数十年梧桐树的街道，因此常常被人提起，特别是酷热难耐的盛夏。老的物件总是令人怀念的，这就是我们常说的乡愁吧。乡愁并不只是对乡村而言的，也许最早是对乡村而言的，后来就涵括了一切对过往的追忆。可能有人说乡愁或怀旧不过是文艺家们的矫情，但情况并非如此。回忆和怀念是人类最主要的情感形式，老子说“慎终如始”，曾子说“慎终追远”，不过都是强调人类不要忘怀过往。过往附着了我们的生命、岁月、情感和付出，因此对过往的怀念，才是凝聚我们文化认同、情感认同最好的平台和载体。所以凡是老的物件，在拆除、消灭它们之前，须三思而后行。

罍街坐落在包河区的宁国路附近，那里原来是合肥近郊的一部分，用现在的眼光看，已是破败不已了。起初当地政府把那里改造成美食小吃聚集地，取了个生僻字“罍”字，慢慢打响了名头。后来又做起了二期、三期，有西点，有茶吧，有装饰，有悠闲，形成了独特的世俗文化，使来到罍街的人，既能找到小资的悠闲，又能享受俗世的放松和快乐。初秋时节中国作家协会铁凝主席率中国作家庆祝改革开放 40 周年主题采访团来安徽采访，白天的官方活动结束后，几人就相约晚间到合肥有民俗味的地方转一趟，罍街便成了首选。铁凝主席的正装换成了休闲装；几人沿人声鼎沸、五彩灯火的罍街走一走，看一看，坐在半开放的小吃摊吃点合肥小吃，说着日常闲话，真是不亦乐乎。报社的朋友也曾多次邀我们在罍街一个茶吧里开一次小众的文艺会，散漫地谈一谈读书，聊一聊古典，品一品岁月，咂咂香茗，尔后把这些漫谈集合到报纸副刊的几个整版上，也是别有一番风味的。你若说这是一种清谈和释放也无不可，但经济发展到一定程度后，人们的心态就是这个样子了，而且也必须是这个样子的。人类的创新和发展都是在衣食无忧后的悠闲时刻启动的，享受生活也正是人们发奋图强的终极目标。

深秋时节我们又去了芜湖路与宣城路交叉口的一家城市民宿——锅庐，所见所闻让我们吃惊不小。所谓的锅庐，是锅炉的谐音，庐则是合肥的别称。这里原是一家宾馆的锅炉房，有一个高大的红砖烟囱，一些老厂房，场面并不宽敞，周围则是拥挤的老式住宅楼。按照这么多年来的习惯做法，老城区这样破旧衰败的地方，都是城市拆除的目标。有财力时，就全部推倒重建，没财力时，就暂时搁置。我们出国时，常会对一些国家保护改造老旧建筑的创新努力赞叹不已，可面对正在城市化的中国城市，似乎又感觉时机未到、发展未及，观念似乎也跟不上。但现在中国人对城市发展的理念出现了转变，旧的未必都烂，新的也未必都好。锅庐的改造团队对原宾馆锅炉房进行了创新性改造，不仅把并不宽敞的车间厂房改造成了七重八叠、风格多样的城市民宿、休闲吧，还把楼顶和空地改造成了泳池、茶吧、水榭和花园，让客人在老城里也能品茗弈棋、纵情山水。对周边老小区的居民来说，这样的城市民宿是颇为友好的，以往他们开窗扑面而来是浓烟、异味和破烂，现在他们开窗见到的则是城市的植物、飞鸟和风景。

独领孤军将姓姚

潘小平

知道姚公庙，已经是很晚以后的事情了。

刚进入合肥的时候，我住在东门外一个名叫花冲的地方，四周俱是农田，再四周，俱是衰败的工厂区。再后来，我又搬到了北门外一个名叫白水坝的地方，虽说从早到晚，市声喧扰，却是远离市中心的。当然是指这座城市的政治文化中心，合肥的政治文化中心在城西，经济开发区建成之后，渐渐移到了城南，所以偶尔听人说起姚公庙，茫然不知所云。

耳边充斥着“姚公庙”三个字，是我女儿上了大学之后。她读的是安徽建筑工业学院，简称“建工学院”，后来升格为安徽建筑大学，姚公庙是它的老校区。“城乡接合部，”我女儿如此描述，“你想听地道的合肥土话，就去那里好了！”

现在我们知道了，姚公庙早先是在庐州老城的南郊。

在我没学会开车之前，乘公交车上下班，每天几乎都能听到乘务员高声呼喊：“姚公庙到了！姚公庙到了！有在姚公庙下车的乘客，请下车！”于是我睁开双眼，漫不经心地看一眼窗外，窗外是从“建工学院”

走出来的小男生小女生，以及汹涌的人潮。真是红尘十丈啊，鼎沸得不得了。可它为什么叫姚公庙呢？姚公又是哪一个人呢？我的脑子里偶然闪过这一念头，随即就抛到脑后去了。

日复一日，这样的事情管它干什么?!

那时我还不知道，姚公正隐在人群中，默默地看着我。

忽然有一天，姚公就出现了，他手持长戟，身被铁甲，驰骋于秋冬之际的江淮丘陵之上，胯下的战马，发出阵阵嘶鸣。

那是绍兴三十一年（1161），金主完颜亮大举南侵，十万大军直压江淮。江淮制置使刘锜，命淮西守将王权迎战，这王权是个贪生怕死的人，直到完颜亮攻陷了军事重镇寿春，才不得已命兵马副都监姚兴做前锋，率部赶往庐州。姚兴在途中，先是与五百金兵铁骑相遇，生擒了敌将女直鹘杀虎；后又遇敌于和州尉子桥畔，以三千将士迎战十万金兵。那一天直杀得天昏地暗，从上午辰时到下午申时，整整厮杀了八九个小时，数十个回合，姚兴的四百骑兵左冲右突，所向披靡，姚兴一人即毙敌数百。慑于姚兴的勇烈，金兵暗地里买通了一个名叫李二的人，让他利用和王权的关系潜入宋营，盗取宋军的旗帜。金人将盗来的旗帜，插在一座小山上，身陷重围的姚兴猛一见宋军大旗，误以为是王权来援，于是奋不顾身地冲过去与之会合……据说姚兴死在马上，尸身不倒，怒目圆睁。战马载着姚兴，一路嘶吼着冲出敌阵，直奔姚兴之子的营帐。在一座无名小桥上，与率部赶来救援的其子相遇，看到端坐马上的父亲，其子哭拜在地，大喊道："爹爹你瞑目吧，儿子一定为你报仇!"

闻听此言，姚兴的尸身这才缓缓从马上落下，这座桥，就是后来的"慰子桥"。

姚兴的儿子，也与父亲一同战死，死时年仅 17 岁。姚氏父子的忠勇壮烈，令金主完颜亮闻之动容。他不仅下令全军为对手姚兴致哀，自己还赋诗一首：“独领孤军将姓姚，一心忠孝为南朝。元戎若假征兵檄，未必将军死尉桥。”“尉桥”即慰子桥，在今巢湖境内。当年十一月，宋军收复淮西，金兵北退，第二年，为了纪念姚兴父子，人们在其阵亡之地，建造了“姚兴庙”。

合肥历史上，曾有过三座姚公庙。这一带曾是宋金交锋的前沿，老百姓对抗金将士，多心存感念。据嘉庆《合肥县志》记载：“姚李二公庙，在德胜门外十三里，祀宋统制姚兴、招抚使李显忠。”李显忠，字公弼，南宋著名抗金将领。绍兴十一年（1141），宋高宗与金订立《绍兴和议》，宋金以淮河一大散关一线为界，形成了南北对峙的局面。绍兴三十一年（1161）九月，金国撕毁和约，朝廷命李显忠率部抵御金军，来到今寿县安丰塘一带。李显忠亲自带骑兵出击，从早晨打到中午，愈战愈勇，敌军死伤甚众。他后来屯军芜湖，收复淮西失地，授淮南西路制置使、京畿路、河北西路、淮北寿、亳州招讨使。“德胜门外十三里”，大约就是今天姚公庙的位置。很少有人知道，今天的金寨路，曾名“德胜门大街”，庐州古城，历史上曾有七门环绕。今天留在我们生活中的，还有南熏门、水西门和拱辰门，其余的都消失不见了。

日子一天一天，将过往的岁月淹没。

据嘉庆《合肥县志》记载，另外两座姚公庙，一座在庐州南乡，另一座在庐州北乡，北乡的定林铺是姚兴父子战死之地，其“旌公庙”当是历史上出现最早的姚公庙。1854 年，太平军攻陷合肥，姚李二公庙和南乡姚公庙、北乡定林铺旌公庙一起被焚毁。一直到光绪初年，庐州百姓才又在“离城十六里处”，即今金寨路东，重新为姚兴立庙。姚公庙在庐州的百姓心中，不光是纪念姚兴的庙宇，还是孩子们的“招魂”之地，姚兴英勇刚烈，百祟不侵，可护佑小孩子的魂魄。

姚公庙于 1958 年被彻底拆除，庙中的一钟一鼓，也不知哪里去了。

姚公庙的鼓蒙，据传为大红色，为庙宇所罕见，不知道寓意着什么。2012年开始，姚公庙这一带进入大规模拆迁改造，过去的城乡接合部，今天已经成为城市的中心地带，高高在上并彻夜轰响的，是贯穿南北的金寨路高架桥。

纪念姚兴的庙不在了，但姚公庙的地名还在，它还将永远永远，留在这片土地上，让后来的人们知道，很久很久以前，曾有这么一对父子，英勇奋战过。

（潘小平，安徽省作家协会副主席、安徽省散文随笔学会会长）

烟火深处葛大店

常　河

一个人和一个地方的缘分，和人与人之间的际遇一样，一切都无法预知。刚认识时浑然不觉，走失了、弄丢了、迷路了，或者绕了一个圈子重新回来，才知道其实缘分是早就注定的，挣不脱，甩不开。出走，是暂时的别离，回归，是命运的必然。“人生若只如初见”并非美好的愿望，不过是失去后无奈的独白。花开，花谢，红豆生南国，橘过淮而为枳，凡此种种，不一而足。

那年，从市区搬到滨湖，我原以为和葛大店就此别过。哪知道兜兜转转，居住的滨湖新区依然和葛大店相距甚近，只不过从北边搬到南边而已，行政区划上仍然属于包河区。如果说滨湖新区是合肥老旧版图上翩然走来的时尚女子，那么，葛大店就是即将华丽变身的粗壮汉子。八竿子打不着，但真放在一起，还挺搭。

老合肥人固执地把合肥市中心的四牌楼叫作范巷口。四牌楼古朴庄严，范巷口充满着烟火气，听上去像都市里的村庄，各有各的好。

从江南来的火车把我丢在这个位居皖中的省会城市。凭着一张合肥地图，坐车到了四牌楼，再转车，向着城市的南郊，一直走，一直走，似乎是很漫长的时间，漫长得像那辆大通道公交车，歪歪扭扭、晃晃悠悠。

城市越来越远，车厢里的人声越来越高，每上来一个人，对方言的解读就多了一分难度。

到了三十二中站，下车。一个停留，就是8年。

很多时候，我会跳上公交车，再坐两站，就到了四路车的终点葛大店。这是个奇妙的旅程：从市区到学校，经过工厂，就到了乡村。这和我的人生旅程完全相反，谁能想到，从农村好不容易走出来，来到省城，居然又回到了农村。

我说葛大店是农村，首先从地名上就可以看出来。葛大店，和我们皖北大平原上徐楼、张庄、郭店子有什么区别？我没有查阅资料，但我坚信，合肥的地方志上应该不会有太多对于葛大店这个地名由来的解释。

诗人陈先发说，合肥人懒，懒到取名字都不太用心。三里庵、四牌楼、五里井，脚步一量，随口叫个地名，有一个土包就取名某某堆，有两个土包就叫双堆。就像我们乡下，养的孩子多，命贱，名字也贱，随口一叫，哪个村庄都有“二狗子”“三剩子”。

这样没什么不好。皖南的山水俊美，所以地名也清秀，梅陇、版书、南屏、碧山、祖源……真好听。去皖南游玩，别说山水，光是这样的地名，就让人心旌摇荡。但这样的地名倘若出现在位于江淮分水岭的合肥，怎么看都有些突兀。

还是葛大店好，好就好在这一份真实的烟火气。不消说，这里曾经住过一帮姓葛的人，或者某个姓葛的人在这开了个什么店铺，偏巧这店铺就成了这一带的标志，于是就叫葛大店了。

去葛大店当然没有什么好山水可逛，一个集市而已。在那里可以买到最新鲜的时蔬，刚摘下的瓜果。一个个妇女蹲在路边，面前的地摊上摆放着菱角、鸡头米、甜瓜、菜薹，水灵灵的，看那品相，就知道是自家菜地里种的，杂乱地捆着，长短不一，却有着让人爱不释手的生机。

妇人说的是地道的合肥话，嗓门又一贯地高。但这并不妨碍交流，问了价格，加一句“可能巧些?”能巧，妇人自然降了价；不能巧，妇人眼眉一瞪，你就知道。该买就买，不买，继续往前走，有的是这样的小摊。

在一个猪肉摊买的次数多了，便和猪肉摊上的小伙子熟稔起来。他是个眉清目秀的青年，个子不高，一双弯弯的眼睛，姑娘一样秀气。哪怕和买肉的客人争执起来，吵架再凶，都不像生气的样子。临近的猪肉摊主，谁都可以拿他来打趣，顺便在他头上敲一下，笑眯眯地看他跳脚。倘若恼了，他把刀往肉案上一扔，气鼓鼓地走了。不要多大会儿，又会讪讪地出现在肉案前。我猜，不好好卖肉，回家他的爹娘也饶不了他。

葛大店的上午是最热闹的，各色商品琳琅满目，街上人声鼎沸。一过晌午，行人散去，街道霎时空旷起来，商贩们把卖剩的菜蔬用布随便一盖，就扔在道路中间，自己邀个三五好友，随便钻进一家小酒馆，粗声大气地喝起酒来，一副路不拾遗的安逸。

再往下，喝了酒的人们在路边支起桌子，麻将一铺，噼里啪啦打了起来。他们咋就不回家呢?

也有神色诡异的，挤眉弄眼地相邀，三拐两拐，消失在谁家的院子里。

那天买肉的时候，小伙子一副情绪不高的样子。转身要走，小伙子追了过来。“大哥，我知道你是老师，可能借我些钱?我的摊子就在这里，跑不掉，肯定还你。”

这时，才知道小伙子被人带着学会了推牌九。刚入行的新手，还不是交了学费?

隔几天去葛大店，老远的小伙子踮着脚尖对我招手。不但还了借的钱，还多给了几两肉。

那时，葛大店一带聚集了好几所中专学校，因为常去代课，和几所学校的教师相熟起来。每天往返于那里，也就不再觉得葛大店的简陋。相反，那些脏兮兮的饭馆、人声嘈杂的集市、污水横流的街道、胡乱扯在头顶的电线、满口脏话的商贩，也不觉得粗鄙，仿佛邻居一样，多了些亲切。赶得巧了，遇到有人打架、夫妻拌嘴，也不再绕着走，停下脚步，兴趣盎然地看。心里知道，都是抬头不见低头见的人，搞不出个子丑寅卯来。

一天晚上，从建材学校一个好友家喝过酒出来。骑车经过一个路灯，路灯下蹲着的一个人突然抬起头来，是那小伙。卖了一天的肉钱，在牌桌上不到一个小时，输个精光，不敢回家。

把口袋里的钱全部掏给他，自然少不了教育他一番，无非是劝他少和那帮人瞎混之类。

小伙子接了钱，谢了，便把眼睛瞪着暗夜里的肉摊，恨恨地说："早晚有一天，我会让他们不敢惹我。"

后来，因为工作调动，没办法再去那些学校上课，葛大店也就去得少了。

一次打车，驾驶员使劲拿眼睛看我，是那种弯弯的眉眼，原来是那个久违的小伙。他说，葛大店正在整治，猪肉必须从集中屠宰点进货，赚头少了。他家里凑钱给他买了辆车，跑出租比卖肉挣钱多。"马上那一片要拆迁，家里的房子听说能换三套楼房。"他一脸羞涩地说，"等房子拿到手，就娶媳妇，过安定的日子。"

他过没过上安定的日子，我不得而知。以我对他的了解，那样一个心地纯净的孩子，只要不被烟火迷了心窍，总不会过得太坏。

那一日，从高架桥上看到葛大店，忽然念起旧来。于是就近下桥，驱车来到葛大店。

全然不是以前的样子，墙面上到处写着硕大的红字“拆”，一道道蓝色钢瓦把整个葛大店围了起来，围墙里机器轰鸣，塔吊的剪影格外醒目。边上一个巨大的牌子绘着未来葛大店的蓝图。按照这个蓝图，不久之后，这里将成为合肥一个新的商圈，原来低矮破败的小楼将被商场和写字楼所取代，曾经破败不堪的道路也将变身为公园绿道。那些曾经熟悉的人、饭馆、商铺、寄过信的邮局，也肯定不在了吧。

那个眉清目秀的小伙，注定安好。

只是，当商场和写字楼成了那一带的地标之后，葛大店这个名字是否会从人们的记忆中慢慢淡去？没有了烟火气，葛大店还有什么意义呢。

（常河，《光明日报》安徽记者站站长，著名作家）

寻找包河月色中的“乡愁”

洪 放

包河是一条河，姓包，源于清正廉洁的包公和他所种的一池荷花。而以包河命名的古庐州的中心区域，即是今日之包河区。这里几乎积聚了这块土地所有的传说与遗存。过往的云烟、硝烟、风烟，如今都已散去。然而，旧时的月色还在，旧时的包河还在，旧时那弥漫而让人吟咏再三的“乡愁”还在。

城市正在扩张，似乎就在一瞬间，包河从当年狭小的沿河市井，变成了今天繁华的都市中心，车水马龙，熙熙攘攘。但是，走在这人潮之中，倘若你稍一停留：你所期望看见的，你所期望听见的，其实不仅仅是飞速变化的城市，也不仅仅是高度商业化的面孔，而是希望看见那一缕萦绕在眸子中的“乡愁”，期望听见那一声能让人牵肠挂肚的乡音……包河当然知道这些。在走过了四十年的“由乡变城”之后，包河开始仰起头。它要望见月色，它要让所有归来的人，正在到来的人，还有那些正在路上的人，寻找到包河月色里浓郁的“乡愁”。

于是，有了雨花巷。

一条诗意的巷子，她本来就是从诗歌中款款而来。从前，她是包河边上充满人烟的小家碧玉。一纸纱窗，半栊秋月，这巷子里曾流传着许多动人的故事。我甚至想：当年姜白石和他的情人，是不是也曾在这巷子里追风逐月？然后，便有了词，便有了生香的佳话，便有了盈盈的泪水，便有了长相思与无限恨……

巷子虽然不长，但那是通往“乡愁”的一条幽深的小径。走过去，便能看见邻家小妹，正在巷子尽头的水边照影梳妆；你再听，便有地道的庐州方言，或许还夹杂着一两声寒腔。月色溶溶，再往下走，便是深夜的蛩鸣，便是梦境中的巧笑，便是被包河之水一遍遍抚弄的诗情画意。

雨花巷是浓缩了的“乡愁”；而锅庐，则是现代背景下对“城市乡愁”最好的诠释。

包河也曾是工业文明的聚散地，工业，在这个城市的肌肤上，留下了众多的印痕与遗迹。然而，随着城市功能定位的细分，工业正向外围疏散，一大批遗存也渐渐地凸显。没有了昔日的机器轰鸣，没有了流水线上的嘈杂与喧嚣，这些遗存一下子静下来了。不仅仅是静，而是太静了。几年、十几年，甚至二十年、三十年，它们被遗忘在高楼大厦的缝隙之中。草，长上了屋顶；雨水，沿着墙缝滴落在室内。它们成了蛛网与尘土的天堂。没人去问吗？没人去想吗？没人去探寻这废弃已久的“家”吗？

有！当然有。

一批年轻人过来了，他们选择了这座高大的烟囱和它脚下被杂草淹没的锅炉。他们悄然在这里进出，一个月，两个月，半年，一年，终于，包河月色中又呈现了一座如梦如幻的新的“锅庐”。这就是无边的乡愁啊！他们名之曰“锅庐”，既暗含了它的过去，又充满温情地喻示出它的现在。

锅庐，巨大的烟囱犹如巨轮的桅杆，早年的锅炉房，被改造成了一座集读书、雅聚、民宿和工业文明展示于一体的综合性文化共同体。在这里，流水唤醒了从前的故事，书香弥漫，灯影朦胧。在这里，绿植和现代色彩的设计，拓展了想象的空间，又在文化的回味中，获得深闺之美。简约温馨的民宿，则给所有归来者与寻梦者一个抚平“乡愁”的摇篮。那天台上飞翔的月影，那灯笼上流泻的月色，那无处不在的月光……这一切的一切，使锅庐成为中国最有代表性的工业遗址改造样板。

也许会有人问：锅庐？在哪？

就在宣城路与芜湖路的交叉口。你得像寻找桃花源一样，寻找那座并不起眼的小门，然后，你会听见流水，看见月色，闻到书香；你再往里走，便是梦，便是你在异乡千万次的追寻与怀想！

包河即市井，市井即人烟。月色之中，罍街正风情万种。小吃、酒香、人迹、民俗、灯影，花般烂漫。

那么，就停下来吧！就停在这包河的月色里，掬一捧“乡愁”，就一壶老酒，咂摸雨花巷的幽静，回味锅庐的幽雅，再在这罍街，将乡愁与美好，在月色中渐渐拉长……

（洪放，安徽省作协副主席，合肥市作协主席）

废旧锅炉房蝶变成城市会客间（刘雪丹摄）

自家的后花园

苗秀侠

我上班的地方离家有些距离，从蜀山区到包河区，要跨过数个街区。这些街区日新月异的变化，代表着一座城市的变迁，赏心悦目的街景把眼睛养护得清亮妩媚，也把心养护得玉润珠圆，让人忘却岁月流逝带来的伤感。

中午时分，偶尔会在办公室打个盹，大多时候，喜欢到办公楼后面的包河公园走走。这座公园相当著名，不仅合肥人知道她，外地人来合肥了，也必定到此浏览一番。看一看公园里的碧荷青柳，走一走包河的玉带拱桥，临水观鱼，绿丛寻花，再去清波潆洄的浮庄扶栏远眺，欣赏江南园林风格的亭台楼榭，可谓心旷神怡，感觉倍儿爽。毫不夸张地说，在这样的地方上班，包公园就像自家的后花园，四季变换的风景，宛如多情的掌，多躁动的心都能被抚平。春的喧闹，夏的婀娜，秋的斑斓，冬的清俊，就是包河公园呈现的一幅幅国画。

有时，也会站在大厦二十层的顶楼看包公园的风景，那又是一番景象。太阳普照下的包公祠、包公墓、清风阁、包公纪念馆、水面喷泉及包河里游荡的小船，组成了一幅百看不厌的人间盛景。心下就无比自足，就喟叹能在这样有着后花园的地方上班，实在是上苍赐予的最大福利。

前不久，中国作协组织全国知名作家来安徽，我定点接待的是宁夏女作家单小花。因为离得远，需要从西安转飞机，班次又少，她反而提前半天到了。第一次来安徽的小花无比兴奋，想好好看看合肥。考虑到只有下午两个小时的时间，我就带她畅游包公园。小花首先被包河亮汪汪的水面惊喜得欢呼雀跃。我知道她生活的地方缺水，她对水和水边茂盛的植物格外喜欢。参观了包公祠、包公墓和清风阁后，我们坐在水边的长椅上休息。在书上、电视电影上，清官包拯的故事，小花一点也不陌生，她还能哼唱出其中的一些歌曲。我望着包河水面，告诉小花包河里的莲藕很特别。小花眼睛亮亮地望着我，又望向包河的莲藕，等待我揭晓莲藕的特别之处。包河的莲藕不但清甜可口，而且断面无丝。小花听得惊奇无比，说她真是长见识了，第一次知道世上还有没丝的藕。我心里无比得意道，包河藕无丝，不正象征着包拯的公正无私吗？

被小花羡慕了一番“自家的后花园”后，看时间还来得及，我便提议顺着环城河朝西走走。我这个不太称职的“地陪”，又讲述了发生在环城河两边的故事。在桐城路桥上停下，我告诉小花，这座桥原名叫赤阑桥。南宋时期，有一位江西籍的年轻布衣词人姜夔，在兵荒马乱的年代，流落到合肥，与合肥城南的一对柳氏卖唱姐妹一见钟情，倾心相爱了。两姐妹一个弹琵琶，一个弹古筝，皆聪慧美丽，妖娆多姿。姜夔在词中称她们身材燕燕轻盈，说话莺莺娇软，姐妹俩陪着姜夔游巢湖，登姥山，在环城河中泛舟时，姐妹俩怀抱乐器，弹唱姜夔的诗词，让懂音律、会谱曲的姜夔乐得不知今夕何夕。当然，人生总归有别离，大才子姜夔最终还是离开了合肥，但他一生的挚爱和魂牵梦萦，却是这赤阑桥畔的一对佳人了。姜夔对这段恋情念念不忘，创作了大量凄美的诗词。

那句“肥水东流无尽期，当初不合种相思”，是姜夔对自己留在合肥这段缠绵情愫的真实表白。

爱情总是令人怦然心动，爱情也能产生好作品。小花被这段真实的爱情故事打动了。听桥下环城河水无声流动，再看脚边的这座赤阑桥，小花眼睛湿湿地说：“你们合肥，真好！”

还有不少好地方呢，但时间已经来不及，小花要赶下午四点的会议。本要打车走，但她对环城河、环城路欢喜得不行，两人只得脚步如飞，直奔稻香楼。一路上她不停问，我不停说。二人巷、锅庐、罍街……仅我待的包河区，好地方就有不少，但小花第二天要离开合肥赶往他处，这些好景致只能让她先存盘脑中。特别是那处能大碗喝酒的罍街，绝对不可错过。“我们约！我们约！”这样连续说着，当真击掌为盟了。

小花的行色匆匆，让她暂时错过了，我可要抓紧时间品赏。中午在自家后花园赏景仍然是保留节目，宣城路上的“锅庐”，便成了下班后直接移步之所。就那样坐在锅庐一楼的咖啡座上，任咖啡的香味，在指头缠绕。而玻璃墙外那座货真价实的锅炉大烟囱，正被太阳光一点一点抚摸、牵拉、定格。时光打在直杵青天的烟囱身上，无声滑落，一如无处不在的咖啡香。

（苗秀侠，中国作家协会会员，《清明》杂志副主编）

沿着芜湖路走，叶子依然落下

何冰凌

一个薄阴的下午，独自探访芜湖路。一路东张西望，左顾右盼，用脚步细细丈量这条有着合肥“香榭丽舍大街”之称的著名道路。其实，对这条路我已经相当熟稔，我供职的单位——安徽省文联就位于芜湖路，在这条路上我已往返穿梭了整整十一年。一年四季，人来车往，花开叶落，芜湖路早已在我心里留下了深深烙印。

这一次，我是听着一首歌来走芜湖路的。歌的名字就叫《芜湖路》。一个叫刘天阳的 20 岁大学生写了这么一支英文歌曲，很快刷爆朋友圈，堪比赵雷的《成都》。歌词翻译过来简单素朴：“我看到一个宁静的夜晚，还有书店的窗户，我周围的空气太美妙了，我多么希望你在我身边。我记得两个老人，一个在修他的自行车，一个在下棋，但那些日子过去了，再也没有回来，我从 2009 年起就没见过他们。我喜欢写你的名字，然后画了一只猫，虽然你不喜欢。爱情故事每天都在这里发生，像阳光总是照耀，沿着芜湖路走，叶子依然落下……”我倾向于把它看作一首诗，怀旧的调子，一点点地倾诉和感伤，这一定是一个温柔的男孩子。芜湖路的文艺范气质在这支歌里尽显，一些元素，如宁静的夜晚，书店的窗户，美妙的空气，修自行车和下棋的老人，远方的恋人，阳光和落叶，都是芜湖路的核心意象。很显然，这是一支向时光和爱致敬的歌。

我走得很慢，在这条有着沧桑和历史感的路上。

1935 年的合肥，是皖中地理坐标上一座平淡无奇的小县城。在其南郊，一条东西走向的乡野土路建成通车，此即今日芜湖路的前身。新中国成立后，为了方便车辆向建设中的佛子岭水库运送材料，当时的安徽省公路局对芜湖路进行了首次改造。据《合肥市城市建设志》载，其时芜湖路被称作“南郊公路”。1952 年，皖南、皖北合并，合肥正式成为安徽省会，城市发展速度很快，老城区改造日新月异，城市迅速向东南扩展，不少道路得以拓展和新建。1955 年，曾经的南郊乡村土路经改扩建后，正式定名为芜湖路，东起明光路南段，西至金寨路北段，道路总长约 3100 米，是合肥市老城区内一条东西向的重要干道，成为合肥市首批大建设竣工道路。在合肥当时的几条主干道之中，芜湖路是相对宽阔的一条，甚至比后来号称“安徽第一路”的长江路还要宽。

随后的多少年来，它一直是省城合肥的一条“名马路”。

芜湖路之有名，主要得益于两点。

其一，因其道路两边密集的法国梧桐，而成为合肥一道亮丽的城市风景，奠定了其独特的文艺属性。即便是盛夏，走进芜湖路，就像来到一个天然氧吧，浓荫蔽日，蓊郁苍翠，心一下子就会安静下来。而到了秋天，芜湖路更呈现出一种惊心动魄之美，那经霜的梧桐叶在秋阳照耀下，炫目，跳荡，五彩斑斓。据资料记载，20 世纪 50 年代，时任合肥市委书记的李广涛同志从南京引入法国梧桐作为行道树，先是种植在当时合肥的前大街（今长江路中段）和东大街（今淮河路东段）上，1955 年改造后的芜湖路两边也开始遍植法国梧桐，从此渐成庐州一条极具特色的景观大道。其二，芜湖路称得上合肥最具历史人文底蕴的一条路，大钟楼、省图书馆、安徽大剧院、老七中、包公园、少年宫、清风阁、省体育场、孝肃桥……这些著名的城市标志性建筑和自然人文景点赋予芜湖路独具魅力的人文色彩和浪漫情调。美菱冰箱厂整体搬迁后，随之崛起的包河万达广场，又给芜湖路注入了浓厚的现代商业气氛。如今，芜湖路变得越来越美，它宜动宜静，宜商宜住，宜学宜游。漫步其中，每一个老合肥人都怀有深深的情感，它承载着一代人甚至几代人的记忆。

不经意间，走进掩映在梧桐树影中的省三建公司大院，这里还保留着不少颇具年代的老房子，烟火气十足，有着岁月静好的意味。在一些筒子楼的墙壁上，我看到了“延安路”字样的门牌。也是从这里，我才知道，芜湖路还曾有个用过几十年的别称。

“文革”开始后，芜湖路和合肥大多数路段一样，被改成富有革命色彩的名字，延安路的名字便是由此诞生，从 20 世纪 70 年代的合肥地图上也可以看到此名称。相对应的，孝肃桥也曾被改名为“延安路桥”，直到今天，这个名字仍然在一些老人的口中不时地蹦出来。

一直等到 1987 年，延安路才又改回原本的名字“芜湖路”，并沿用至今。

我和芜湖路的缘分也深。

1990 年初，我第一次坐长途汽车来省城合肥。未到终点站交通饭店，却稀里糊涂地跟着人流在芜湖路提前下了车。我也是后来才知道这条路就是芜湖路，因为我看到了道路两旁高大葳蕤枝叶纷披的梧桐树。我没有想到有一天，这条路会与我如此紧密相连，芜湖路 168 号同济大厦，会出现在我的常用通联地址上。

梧桐树是芜湖路的灵魂。它作为意象曾一度出现在我的诗中。比如在这首《致合肥》中，我写道："让人轻度敏感的黄色粉尘，整条芜湖路都是/法桐年久失修，顶着水泥树冠。/这是我生活的合肥，少有的几十年不变的一条街/从拉芳舍的玻璃窗户望出去，绿荫如盖/行人如织，黄昏独具婴儿之美。"

2005 年初的芜湖路改造中，梧桐树的去留问题在媒体的关注下，一度成为市民争论的焦点，最终在一致的反对声中，芜湖路的法梧得以保留。

然而，随着法梧越长越粗壮，因树干分支点矮，伸向主干道的枝丫悬空高度极低，而芜湖路双向各只有两条车道，最外边的车道存在被枝丫碰到的危险，尤其对于体积较大的公交车。几经考量，2011 年初，因芜湖路部分路段拓宽需要，74 株梧桐树作别芜湖路，搬至大蜀山"安家"。风吹叶落，雨打梧桐，这一条林荫大道以它浅唱低吟的无尽之美，抒情诗般的特质，俘获了人们的心。

在齐云巷，一排保存完好的苏式老建筑让我驻足，青灰色的砖，已露出斑驳的痕迹，墙上攀满爬山虎，屋顶上覆着鱼鳞小瓦。我掏出手机拍照，一名保安过来巡看，他告诉我，这是当年鼎鼎有名的省商务厅五大公司宿舍，现在是文物保护单位，作为城市记忆留存。我朝岑寂无人的院落里看，见一树枇杷正黄，紧挨着的是一棵硕大的板栗树，正在开花，像挂了满树的淡黄绿色的毛毛虫，随微风荡漾。

突然地，就恍惚起来，我仿佛看到那个年轻姑娘，迷路的一刹那，齐耳短发，满面惊惶，站在芜湖路上。待她看到梧桐树，无声地笑了。那时是秋天，叶子已经落下。

（何冰凌，安徽省散文随笔学会副会长，著名作家）

“老城复兴”留存城市的记忆

董　静

老城故事多，充满喜和乐。随着城市日新月异的发展，人们纷纷迁入宽敞明亮、空气清新的新城，老城曾经的繁华不再，“脏、乱、差、堵”几乎成了它的代名词，大片的老旧住房被拆，包括一些地标性的建筑。老城里尤其一些上了年纪的人，他们喜欢怀旧，舍不得离开生活了一辈子及亲情、友情、爱情的栖息地。为了留住乡愁，留存城市的记忆，“老城复兴”，是民心所向，社会之需，迫在眉睫。

包河区率先实施的“老城复兴”，核心就是保护老城内的人文史迹，唤回历史记忆，彰显城市文化，现已初见成效。经过改造的“雨巷”“雨花书院”“罍街”等，真是不看不知道，一看忘不掉，两个字：大美！这些城市记忆的每一处都在保持原有建筑风格的基础上，加入了现今流行的新元素，因而别具一格，各有千秋，吸引眼球，可见设计者的用心尽意。

最让人叹为观止的是位于宣城路 105 号，名为“锅庐”的文化创意空间，它是利用一单位废弃多年的锅炉房改建而成的。以“锅庐”命名，既沿用了“锅炉”二字的读音，又给予了它新的含义，“庐”取

“炉”的谐音，合肥古称庐州、庐阳，因此增加了历史的厚重感。走进“锅庐”，首先映入眼帘的是那座建于 20 世纪 50 年代的高高的红砖烟囱，烟囱倒映在清澈的池水中，它和四周亭亭玉立的绿竹相辉映，给人以视觉上的有力冲击。据改造者介绍，由于烟囱年代已久，里面的烟灰会时不时地掉落，很难清洗干净，使用价值不大，但却是那个时代的印记，还是把它保留了下来。现在，烟囱里面安装了类似烛光的照明，到了晚上“烛光红”若隐若现，颇有些古朴浪漫的感觉，我认为也是“锅庐”的点睛之笔。

2000 平方米的锅炉房改建成城市会客厅、西餐厅、爱知书店、无边游泳池等休闲交流区。一位老师从会客厅的一角对外抓拍了一张照片，两位客人优雅地坐在高大落地窗旁的单人沙发上，茶几上的瓶子里插着一束小黄花，很小资，窗外的烟囱、池水、绿植和蓝天全部收纳其中，简直是妙不可言，犹如一幅浓妆淡抹的水墨画。三层红砖瓦房改建成 7 间体验式民宿，符合当今人们热衷民宿的需求，足不出城即可享受一份宁静与休闲。

锅炉老建筑的改造也美化了周边的环境。听说这里曾经垃圾成堆，夏天臭气熏天，苍蝇蚊子成群结队，居民苦不堪言，常年不敢开窗户。白天屋子里面光线不足，生活得磕磕碰碰，老年人更有诸多不便。也有一些企业曾想租用这些老建筑，但因有扰民或空气污染隐患，都遭到了大家的抵制。“锅庐”是一个文化产业，深受邻居们的支持和拥护，现在他们关闭多年的窗户终于打开，家里和心里都敞亮了。“锅庐”的华丽转身，给人焕然一新的感觉，绿植、甬道、泳池养眼又美观，成为老城区内一处闹中取静、幽静典雅的后花园，客观上提升了当地居民的生活品质。

罍街，它早已名声在外，合肥人几乎无人不知，无人不晓。吃在罍街：小吃广场汇集了全国各地的名小吃，以及众多“中国老字号”特色餐饮，这里已成为合肥市民带外地朋友来品尝美食的首选之地。看戏去罍街：这里常有黄梅戏、庐剧、徽剧以及曲艺、相声、话剧等各种文艺演出，同行的晓风说，他每周都要带儿子来小剧场看儿童话剧，孩子看得津津有味。茶馆式的小剧场，以民国风为基调，我也来过很多次，都是参加一些比赛或颁奖活动，60 元一张的话剧票，常常是座无虚席，现场演出异常火爆。罍街一些大大小小的艺术馆，适合举办读书沙龙、书画展及朋友聚会，有情调。罍街三期是利用安徽国际商务职业学院老校区打造的我省体量最大的创新、创意、创业“梦工场”，已受到社会各界的高度关注。罍街先后获得“中国特色美食名街”“安徽省省级特色商业示范街”“安徽省品牌示范街”“合肥市市级特色商业示范街”等多个荣誉称号，成为合肥一张亮丽的名片和城市新地标。

“老城复兴”，包河区示范了一个个成功案例，它们的美丽蜕变，使改造过的老旧建筑和环境变得更美、更靓、更宜居，老合肥变得更有归属感，留住了乡愁，同时也留存了一座城市的记忆，可圈可点，值得大力推广。

（董静，安徽省作家协会会员）

乡下的星河，城里的月光

于继勇

在乡下的时候，城市是我人生的最高理想和目标。

在地里干活的时候，偶尔从公路上跑过的汽车，扬起长长的灰尘，像一条尾巴。我知道，那辆车里坐着的是城里人。

城里的高楼大厦，平坦的柏油路，开满鲜花的公园，琳琅满目的商场，喷香喷香的食物，都拚命地诱惑着我。

贫穷是生活的底色，繁重的农活压弯了脊背，擦汗抬头看天的时候，城市是远在天边的理想。

30 多年前的乡下是安静的，农闲时节，隔三差五会有场露天电影，十天半月会有连台大戏或者评书。乡村文化生活是天然而自觉的，没有口号，贴着地气，甚至非常庸俗。

电视进入千家万户，成了看世界的窗口，也开启了城乡娱乐一体化的大门。城市变得不再陌生，不再遥远。

当城市化浪潮来临，农民工潮水般涌进城市，传统的农村生活迅速土崩瓦解了。

从南到北，中国的城市在 21 世纪之初，开始翻天覆地的变化，推掉了斗角飞檐的平房，建起了高楼和工厂，修起了铁路和桥梁，一切向着国际化的方向发展。

城市开始变得崭新，飘满汽车尾气，充满了工业化的气味。位于老城区的历史遗址与痕迹，随着推土机的轰鸣，一点点抹去。

觉醒后的城市领导者，开始努力恢复城市的记忆，复建曾经的庙宇祠堂亭台楼阁。但是复建，并不能弥合文化断裂的缝隙。

很多打着文化名义建筑的场馆，其实离市井生活仍然有一定的距离。文化是什么呢？首先是充满烟火气息的生活，其次是对传统的改造与汲取。

在高楼大厦间穿行久了，天空都被都市霓虹遮蔽，看不到乡下明晃晃的月亮与星河，夜晚听不见虫子的低吟。

新城市移民，又开始怀念曾经的劳作，怀念乡村的蓝天白云，向往乡村日出而作、日落而息的生活节奏。

繁忙之后，人们希望有一个安静的地方，喝喝茶，聊聊天，发发呆。欧洲的乡村生活，成了都市新贵们的向往，民宿热潮，更引发很多城市人重返乡下的热情。可是，一旦根扎在了城市，就很难回去了。

20 多年的时间，地处江淮之间的合肥，面积和人口都扩大了数倍。城市生长得太快，丢失了太多的记忆。

几年前，合肥市曙光路，狭窄低矮的民房中间，诞生了一个叫中隐于市的咖啡街区。这里面有咖啡馆，有陶吧，有图书馆，几百米的小巷充满了文艺气质，有人叫它微缩版的南锣鼓巷。

以美食和文艺为特色的罍街，成为包河老城区的特色街道。人气旺盛的罍街，听得到合肥方言，看得见合肥民俗，也吃得到地道的合肥美食，它浓缩了这个城市的气息。

一个新的文化街区的孕育，是一个艰难的过程，有了方向，剩下的就交给时间了。

最让人感到意外的是锅庐。

合肥市宣城路与芜湖路交叉口西南约五十米，几排红砖老楼中间，推开一扇并不引人注目的黑色铁门，院内一根几十米高的红砖烟囱下，是一方浅浅的水池，水池里倒映着一幢工业风格极强的建筑。

几十年前，这幢建筑是一家酒店供暖的配套锅炉房和洗衣房。几年前，几位设计师慧眼识金，租下废弃多年的锅炉房，用一年的时间，把这座合肥一环内仅存的小型工业遗址，改造成了独具特色的精品酒店。

简洁冷峻的设计风格和舒适的环境，让人置身其间，仿佛到了国外。

拉开酒店的窗纱，看到衣服与被单飘飞的居民楼，安静之余，却又离生活如此之近，这是一种久违的亲切与温暖。

从锅炉，到取名“锅庐”，一如设计师描述的那样，这是我们的城市，我们不能离它太远。庐，有房子的意思，也是合肥从前的名字。

也许，在某个月朗星稀的夜晚，坐在锅庐三楼的游泳池边，抬眼处，有洁净的月光，也有万家灯火。

这里提供了一个舒适的空间，离安静很近，离繁华不远。繁忙的城市生活背后，有了片刻的诗性，也有了淡淡的乡愁。

这个时候，城里的月光开始变得温暖，动人。

（于继勇，安徽电视台纪录片导演，著名作家）

大钟楼的前世今生

钱红丽

春天的时候，带孩子游包河公园，兴之所至，登上包公祠西边的那座八角楼顶层，转来转去地观看四周风景，最后转到了西面，竟然看见了大钟楼。手扶栏杆，无限感慨——转眼，来合肥整整十五年了。当年本想着短暂过渡一段时间的，哪知一经停下，便再也不能离开，竟然在这里组建家庭，孩子也十岁了。不禁感叹命运从来都是盲目推着人往前的，未曾有过预告片给你看。

为什么一见大钟楼，我就这样激动而亲切呢？

刚来合肥落脚，隔几日就来光顾这里的邮局——取稿费。单位在环城南路，同样步行去三孝口邮局还近一点，可是，偏偏喜欢远点的大钟楼邮局。大约一直活在文艺的世界里，你看，这样的路线相当诗意：穿过赤阑桥，走一截环城南路，自银河菜市穿过去——最喜欢菜市场，那里是伟大生活的根部，永远是甜的。彼时单身，不适合烧饭买菜，一天只吃两顿，但对于菜市的热爱之情丝毫未减。出菜市，就是徽州大道，稍微往南走几百米，大钟楼就到了。每次去，门口或站或蹲许多小生意人，虽嘈杂凌乱，却有市井的温馨。门口小广场上，有卖手机壳的，有卖邮票的，有卖电话卡的，操着不同的口音——大家都是异乡人，彼此彼此，相互慰藉，深感温暖。当年也年轻，不怕熬夜，勤奋书写，隔三差五便可积攒下一沓汇款单，一遍又一遍进出大钟楼。

有时，到了黄昏，稿费取出，刚一出门，钟声“哐”一声，拖着悠长的尾韵，像被人轻轻推一下，有无以言传的异样感，仿佛置身深山寺院，被一种庄严的仪式感包围。站在大钟楼小广场上，面对芜湖路上的人来车往，忽然有一种不明所以的茫然，接下来不知该到哪里去。那时单位不用打卡，可回可不回；租居的屋子在桐城路，不用急着回去张罗晚餐；可是，又不喜欢逛街……究竟该到哪里去呢?

一名单身人士的茫茫然，总是自黄昏深处升起。

不晓得为什么，黄昏之际的钟声特别令人惆怅，总会叫人想起远方、未竟的事业以及生命里的一次次错失。

初来合肥，真是一段忧伤的日子，一直镌刻在心。就是这个春天的当日，伫立包公祠边八角楼上，纵然身边有叽叽喳喳的孩子，也同样觉得自己于精神上依然孤单一人，就像跋山涉水独自找一根竹棍支撑的惶惶然。这么说，每个人天生都是一座封闭的城池。

我的这座城池上空，始终回荡着大钟楼的钟声。

每到夏天，总喜欢光顾宿州路上的海皇阁，就为喝他家的老鸭汤。不嫌远地开车来，每当快下金寨路高架，孩子他爸便问：是走你们老报社门口的环城路，还是走哪里？心情好的时候，我一般会走芜湖路，再左拐至徽州大道。经过大钟楼门口，迅速瞥一眼，早已没有那么多的人了，合肥越来越高，越来越洋气了，这里也不再是商业中心。现在的稿费大多通过银行电汇，邮局也很少光顾了。许多年没来这里，再也听不见浑厚的钟声。但，它一直留在我 2004 年的记忆里。

灵魂深处，一直是寒凉的，仿佛一直跋涉于水中，茫茫无际，无边无涯。唯有一大笔稿费可以瞬间治愈我。当我身怀“巨款”，便会对未来充满信心，简直无坚不摧，对这个人世不再恐惧……无数次出入大钟楼，无数次地变得强大。

我对大钟楼的感情真是复杂得很。

后来方知，大钟楼对于老合肥人，简直是一种无法挥去的乡愁。此楼一度是合肥的地标性建筑，落成于 1980 年——简直恍然隔世了。1980 年，我刚刚 8 岁啊，去得最远的地方是七八里外的镇上，去看学校包场电影《少林寺》。对的，就是 1980 年上演的《少林寺》，郑绪岚的歌声至今犹记。二年级的我穿的衣服总是不合身，都是妈妈改的，令一个少年非常自卑。可是那时，几百公里之外的合肥，竟然造起了一座电信大楼，相当于当今 20 层的楼高，其繁华程度，是乡下的少年无论如何想象不到的。等这名少年终于来到合肥，已经是 21 世纪了，而听惯大钟楼钟声的合肥人，已历经了好几代。

“大钟楼”不过是合肥人的通俗叫法，它的全名其实叫作——合肥长话通信枢纽工程，1975 年动工建造，1980 年 12 月投入使用，建筑总面积 19547 平方米，其中主楼 14852 平方米，全部为钢筋混凝土框架结构，抗震设计按规定八度设防。

20 世纪 90 年代打长途电话，仍然需去邮局排队，等得人乌心烦躁的，而如今，竟然到了 5G 时代，仿佛经历了银河系之于地球那么远的浩瀚变化。人们一开始用砖头厚的大哥大，站在人群中嘶吼，几里外的人都听得见，好时髦啊。然后，渐渐有了 BP 机、小灵通、手机，再后来，科技浪潮改变一切，2G、3G、4G 轮番登场……渐渐地，合肥又在别处新建了电信大楼，这个大钟楼始终矗立在芜湖路上，钟声也一直在回响，它就像一个人的青春岁月，时间流逝了，只要记忆在，就值得缅怀。所谓的“青春记忆”，就是一种精神上的乡愁，即便贫乏，却也是珍贵的。

前一阵去外地，看见童年爱吃的一种零食，却没了胃口。小时候，得到一块糖都舍不得吃，一直捏在手里都焐化了，到头来，越珍惜的，越吃不到。如今的物质过度丰富，买得起了，却没了胃口。彼时，站在星空下，直想大哭一场。我们为什么那么留恋童年呢？

童年也是一种乡愁吧，如同老合肥人一直留恋大钟楼一样。这样的钟声一日日回响在他们的生命里，当真成了他们精神上的“童年”。

大钟楼的“童年”是金色的，泛着琥珀一样的哑光，曾无上光荣地印在地方粮票上，印在香烟盒子上。据说，现在央视的天气预报里关于合肥的画面，依旧是大钟楼。制作这档节目的人真够长情的。像木心说的那样，过去总是好的，日子慢，车马也慢，一生只够爱一个人……

大钟楼的存在，何尝不是象征着那个一去不复返的慢时代，我们的感情都很纯洁，上班不必打卡，总是慢悠悠地走在路上，听到钟声，还会感到忧伤惆怅……这样的情绪何尝不是一种诗心呢？

（钱红丽，安徽商报副刊编辑，著名作家）

上世纪80年代合肥最高楼——大钟楼（叶玉庭摄）

给故去的废墟，匹配一段新时光

宫　礼

一半明媚，一半暗凉。迎着太阳的一面，亮，热，喧，闹；背着太阳的一面，冷，静，凉，黯。

这个季节的光与影，最为分明。特别是在暮色四起之前，光线如一把锐利的刀，割开了昏晓。我的瞳孔，一会儿缩小，一会儿放大，在快速切换之间，视网膜上印下了这个城市或新或老的帧帧画面，有浓有淡。

就是在这样的时刻，我用一个下午的时间，行走于包河之畔。以我愚钝的资质，走马观花的探访，是无法对一个城区进行描摹的，连速写也是不行的。

凭着有限的感观以及个人的感知，对此地有着一丝丝的体会。但这种体会，缥缈如稀薄的残梦，想抓也抓不住，更别说形成相对完整的概念和认知了。好吧，既然如此之散，就按照这样散的形式完成对一个城区的感知吧。

这个城市的文化底蕴历史底蕴究竟有多深厚，一直是生活在这个城市、来过这个城市的人争论不休的话题。一派的戏谑评论是“中国最大的县城”，一派的代表语言是“三国故地，包公故里”。

但一直以来，总有一些活跃在合肥的文化人，在努力地寻找历史踪迹，令人敬佩。

我来合肥，廿一载有余。当年出宿舍围墙不远，还有着大片的菜地，还有人能在水塘里钓到小龙虾。接下来的时间，合肥像中国的大部分城市一样，开启夜以继日的施工模式，躯体向四面八方扩张，像一瓶墨汁浇在宣纸上，一圈圈地往外晕染。

在城市发疯一般长高长大的同时，那些留在光阴角落里的老城，该以什么样的心态和状态，面对所有的改变值得玩味。是一拆了之，还是任其沉浮，或是重焕生机，是摆在城市管理者面前的一道历史课题。

在包河的一处，有一巷原名“二人巷”，蜿蜒在多幢居民楼之间，宽窄几尺。因时间久了，自是破败不堪。地方上的管理者，动了心思。在巷口靠马路上，竖了一片的马头墙，白底黑字，刻着戴望舒的诗句。巷两侧，有爬山虎营造的绿意，有水墨画勾勒的包河旧景，有青砖上镌刻的诗词，有手绘的庐州八景，于几茎绿竹中，“雨巷”的意境就洇出来了。原来破败脏乱的走道，瞬时成了静、雅、韵的“网红小巷”。

这样的改造，与钱币多少无关。关系着的，是主事者的情怀、心思，以及小小的历史责任感。只要多想一些，多琢磨一些，总能在老旧中，重塑一段光阴的故事。

高耸的烟囱，粗粝的锅炉，这些工业文明的标志，曾经硬挺起一个城市的雄气。但在以宜居为主旨的城市文明的代际更迭中渐渐退位，甚至成为城市中一根吐不出来的芒刺，剔也不易，存也不适。

在包河的另一处，高楼大厦之侧，就存在着这样一方土地，锅炉房、大烟囱、洗衣房，荒废十多年，几成垃圾场。

但有人看上了这里。十位建筑师，用十个月的时间，进行了改造。

从锅炉，到锅庐，一字之差，则成霄壤之别。他们设置了庭院水景、玻璃立面、青竹与绿树，设置了咖啡会客厅，设置了代表城市记忆的书店，设置了无边界泳池，设置了创意工作室，设置了以“自观”“羽”“初喜”为名的超出你预期的民宿，设置了一截你回不去的前尘旧事，设置了一场你奢想之外的相逢……

最为紧要的是，它提供的不仅是一个物理中的空间，更会提供一个遇到有趣灵魂的机会——这个有趣灵魂，既属于城市空间的主人和过客，更属于你以前没有察觉到的自己。

在尖叫着狂奔的时光里，老城即使再沉默不语，也会被衬出带有几分羞赧的格格不入。可废墟无错，奔跑的光鲜也无错。

我们要做的，是在荒废之后，给它重新匹配一段蜕变的邂逅、一段涅槃的绚烂。用一种生机之美，让废墟不废，让时光不老。

（官礼，安徽省网络媒体协会会长、安徽大学新闻传播学院硕士生导师）

桥上生明月

刘鹏艳

一座桥，连着我家和对岸的娘家。河是护城河，远远地溯上去，时间的那头，我还没有出生的时候，以河为界，这边是城里人，那边是乡下人。到我结婚的时候，日新月异的城市，已经摊大饼似的摊到了乡下的乡下。这时候河对岸的房子也很值钱了，并没有什么城乡的区别。父母怕我远嫁，执意让先生把婚房买在娘家附近，正巧对岸几座悬剑似的高楼拔地而起，沿着马路排出一种睥睨老城区的气派，于是就下了定金。在父母看来，这座桥造得好，挺有仪式感地搭在具有某种人生隐喻的楚河汉界上，即使闺女嫁出去，抬抬脚，也就回家了。

这座桥有年头，往上溯，不同的年代叫过各种名儿，延安路桥、芜湖路桥、大洋桥、通津桥……不过让此桥闻名遐迩的，还是“孝肃”二字——为纪念宋朝名臣包孝肃公，这座横跨南淝河近千年的桥梁于1990年复名为孝肃桥。站在桥上，历史的沧桑与厚重扑面而来，“直则万世之公道伸，平则天下之人心服”，“孝于人民，肃于律己”，一座桥见证了淝河两岸的巨大变迁，但始终不变的，是包公故里老合肥人的“孝肃”精神。

古庐州水多，桥自然也多，但一座桥和一位历史名人联系在一起，唯此桥得天独厚。据史料记载，孝肃桥始建于宋代，1309 年重修，1496 年复修，清康熙六年（1667）和道光四年（1824）又两度复修，光绪十三年（1887）再度续修……我们现在看到的这座达到六级航道标准的桥梁，是历经战乱和洪水后反复重建或改建的孝肃桥。

孝肃桥曾入选合肥“十佳老地名”，提起它，合肥人总会感到无比亲切，而于我，这座桥更添了一重温馨的味道，因为，抬抬脚，就回家了。

我家在桥东，娘家在桥西。我若回娘家，往往是迎着夕照；父母若来我家，多是与朝阳打个照面。为什么我们会以不同的方式，邂逅同一颗太阳呢？“永日方戚戚，出行复悠悠。”把女儿嫁出去的那天，娘家多半是这样悲戚忧伤的场面，好在一座桥飞架东西，使父母的牵挂得到某种具象化的安慰，他们从此把对女儿的照顾，扩容到了女儿的新家。有了宝宝之后，父母总是每天一大早就从桥上过来，比女儿、女婿上班打卡还要准时；而我从桥上走过，西去娘家的时候，必是暮色四合了，父母已经做好一桌可口的饭菜。这样日了细碎的烟火人家，在积极响应计划生育政策的一代中国家庭里，真是适宜极了。父母一辈子都在为一个孩子兢兢业业地“工作”，他们似乎从未想过让自己光荣“退休”，或者更新换代地被别人挤“下岗”，辛苦是辛苦了些，可还有比这更甜蜜的事业吗？

我们一家在桥上走过了许多日升月落的日子，渐渐地，孩子也会走路了。我会站在桥上指给孩子看：西南面是万达广场，广场后面是姥姥家；西北边儿呢，是威斯汀酒店，酒店再往西走，就是包河公园；东南角儿，是咱们家，后边是和平广场；往东北，那片儿是坝上街，老合肥的东大门……咱们站的这座桥哇，叫孝肃桥，孝顺的“孝”，严肃的

“肃”。我拉着他的小手，摸摸桥头赵朴初先生的题字，“孝肃”二字隐在朦胧的月色里，虽风尘仆仆，却熠熠生辉。

月在桥上，桥在水中央。天空是墨蓝色的，河水也成了一条泛着粼光的墨蓝丝带。

“妈妈，月亮。”他仰头对我说，葱段儿似的小手指，勾了勾那半轮明月。

“被吃了半边儿的月亮。”我和着他清脆的童声。

“刚才还没呢。”他很惊讶。四周高楼林立，繁华的商圈霓虹飞彩，那些高大的楼宇把天空切成一小块儿一小块儿的。我牵着他从高楼的缝隙里走过来的时候，并没有看到月亮害羞的身影。

“刚才，是谁躲在楼后头吃月亮吧。”我笑着说。

城市的发展太快了，快得让我们很难在市中心找到一片抬头就能看见月亮的空间，这座桥是个例外。我要感谢这座桥的宽广，在拥挤的城市中拉开一条河的距离，让孩子快乐地走来走去——走到桥上，抬起头，就可以看见害羞的月亮。

月在桥上，桥在水中央。这边风景独好，美得像是一部童话。

（刘鹏艳，作家、《清明》杂志社总编助理）

包公祠（叶玉庭摄）

第二辑 获奖作品

南淝河畔记忆中的老城

王燕妮

秋风萧萧，吹拂着南淝河岸边簌簌落下的黄叶，那个熟悉的身影又出现在高台边，一手拄着拐杖，另一只手轻轻地搭在栏杆上，静静看着正在改造的巢湖路码头。这么一看就是一下午。这位扶栏凭秋的老人就是戴家义，今年 91 岁高龄，是合肥水运最后一批装卸工人。

戴老每天都要去看看的地方，就是曾经被命名为“二码头”的巢湖路码头。20 世纪 80 年代以前，水运是合肥运输的主要方式。那时候机械运输并不发达，货物来往全靠人力运输。从 1958 年就当上装卸工的戴家义老人，一干就是 30 多年。“最开始码头就是用两个土墩隔开，再延伸到几个泊口。那时，老码头已经很有名了，这周围还有铜陵路码头、坝上街码头等几个大码头，许多货主和工厂还自建了不少码头。”戴老回忆起往事，不无自豪。1958 年，因为码头亟待发展，从肥西、长丰等地招来 500 多名工人，组建专业装卸队伍，他就是其中之一。

“红糖、六安瓜片、砂石、棉花、水泥、钢材……什么货物我都背过。最初没有吊车，我们要背着平均每袋 230 斤重的货物走 30 多个台阶上岸，再运往仓库。一船货 600 吨，20 多人要背整整两天。”老人记忆犹新。货物急着进仓、货船等着入港，装卸时工人们经常连饭也顾不上吃。

1959年，由于工作能力突出，戴家义当选为安徽省劳动模范。七八十年代，合肥70%的货物都通过南淝河运输，而运往上海、江浙等地的货物也在此中转，码头日益繁华。戴老当上了装卸队指导员，老伴也进入新成立的家属队帮忙。一包货4毛钱，两人用背货养活了一家五口，装卸队工人们也从住茅草房到慢慢盖起砖房，直至楼房，也就是今天的航运南村社区老装卸队宿舍。

临河而立，放眼望去，仿佛还能看到当年奔腾不息的南淝河，千帆竞发；悠悠风起时，好像还能听到船工的号角，人流如织。

90年代之后，码头逐渐全机械化操作，繁忙的水运码头再难见到装卸工的身影，曾被广为人知的航运巷“二码头”也逐渐被遗忘。今年，航运巷所在的航运南村社区文化寻根项目，正着力打造码头水运文化的主题街巷，重塑历史记忆。城市化进程中会有旧物消亡，但水运发展历史及为城市发展奉献过一生的人们应该被铭记。

（本文获“我与老城故事”征文一等奖）

卫岗的变迁

杨小昆

弹指一挥间，我已迁居合肥卫岗 35 年了。

遥想当年，我还是青春勃发的年轻姑娘，如今已是白发苍苍的大妈一枚。在岁月的长河中，任谁都逃不过被“摧残”的命运。但是，脚下这片赖以生存的土地，却恰恰相反——随着时光流淌，它变得越来越靓丽，愈加焕发了青春容颜。

20 世纪 80 年代的卫岗，记忆中的高大建筑除了水泥研究院建筑群，就是十字路口那幢三层的“卫岗旅社”了（现为大昌汽修）。当年十字路口以南到南二环（东流路）地段，除民航宿舍与原兰州军区干休所外，其余皆为农田或荒野。

那时，卫岗十字路口就是城乡接合部——城市和乡村的分界线。

早先，我还在江淮汽车厂（江淮汽车公司）上班。虽说工厂距离卫岗的家并不远，但当年这条道路是坑坑洼洼、宽窄不一、高低不平的乡间小道。这种乡道自然没有公交车。于是，路上经常出现我骑着小飞鸽自行车上下班的身影。放眼四周，朝阳或夕阳透过小树林斑驳地照射过来，不远处可见农家的袅袅炊烟。

结婚怀孕后，我改乘厂里班车。厂车自然不走这条“艰险”小路，而是从东流路绕行至金寨路，经望江路再转到卫岗，一个 U 型大弯。有一回我早晨没赶上班车，只能骑车去上班。身怀六甲的我行动笨拙，一不小心连人带车摔了个大跟头，半天爬不起来。好在医生检查后告知，母子二人并无大碍。

那年冬天，合肥下了没膝深的大雪。我沿着崎岖小路步行去上班，趺趺撞撞足足走了两个小时。春节前，我跟老爸去中菜市购买凭票供应的鸡鱼肉蛋。傍晚，我提着一篮鸡蛋，和父亲在四牌楼唯一可乘的 4 路公交站候车。站牌下已有二三十号人，望眼欲穿的车子还无踪影。无奈中父女二人只好步行回家。战战兢兢地走在坚硬的雪路上，手脚发麻脸颊冰凉，挨了两个多小时才到家。

从干休所娘家去跳槽后的水泥研究院上班，虽然只有区区几百米，但下雨之后的泥泞让人“望路生畏”。某个夏日，我穿着塑料凉鞋出门，没走几步便陷入没过脚面的泥浆。使劲儿一拔，嘿，脚丫倒是出来了，凉鞋却与泥浆结为一体。哭笑不得的我赶紧弯腰捡拾，却忽然失去平衡两手着地，瞬间成了“爬行动物”。

不知何时，卫岗到南二环的水泥路修建起来了——当时叫作美菱大道（如今为徽州大道），是直通滨湖新区的主干道。

很快，卫岗旅社对面建起了令人难忘的雄风商厦（后改为日之惠，现为锦江之星），再之后，一旁的金三角建材城拔地而起。省社科院、行政学院、卫岗农贸市场……雨后春笋般地，一个个矗立在卫岗这块土地上。而后，卫岗的标志性建筑——圆形过街天桥竖立起来了。当然还有大名鼎鼎的省儿童医院。儿童医院所在的那一片土地曾经也是荒郊野冢，当年还做过枪毙犯人的刑场。

之后，周围高低不一各具特色的高层住宅小区，陆续进入我们的眼帘。附近的商家也越来越多。出门千米以内，各种大小商家不计其数，平民百姓的生活越来越方便。

又接着，合肥市的版图迅速向南扩展，卫岗被划为包河区南二环内，妥妥的主城区了。

如今的卫岗交通颇为便利。无论到四牌楼中心区，还是到安医、省医，抑或政务区和滨湖区，都可坐公交到达且无需换乘。不久的将来，出门不到一站路还可乘坐地铁。

不仅卫岗，放眼整个包河区，随着合肥的现代化步伐加快，在祖国日新月异的年代里，到处都在上演着乌鸡变凤凰，蚕蛹化美蝶的蜕变神话。

我这个昔日从青藏高原搬迁而来的"移民"，已经深深地爱上了卫岗，爱上了包河，以及我们的大合肥。

（本文获"我与老城故事"征文二等奖）

工程人的记忆

王运亮

1984 年，通过高考改变了命运的我，从农村考入了南京的一所中专学校。当年寒假的时候，在合肥中医学院上学的同学加老乡，邀请我到合肥一游，那是我第一次深度接触合肥。留下最深的记忆是：长江路的繁华，芜湖路的梧桐，还有逍遥津的美景。

参加工作后，我开始在大江南北干工程。90 年代初在裕溪口到芜湖北二坝镇那边修铁路，合肥的同事要给我介绍对象，这期间坐火车经过合肥，常常逗留一下。那时的包河公园没有如今这样配套齐全，但也是恋人相依的乐园，从女人街到大东门，是我脚步丈量最多的地方。

1995 年开始，单位在合肥的工程多了起来。参加合肥新火车站建设那会，从三里街向北，基本上全是空地，为了方便，我专门跑到双岗旧车市场花 50 元买了辆自行车。从此，业余休息的时候，骑车逛合肥成为我的一大爱好。那时还没有包河区，但包河公园那一块老城区，是每周必去的。那时候，“文艺青年”可还是个褒义词，时常在报纸上发点“豆腐块”的我，在单位很受尊重。因为那时没手机，没互联网，唯一的精神食粮便是去省图书馆读书看报。有时候，白天忙于工作，但下班后我一定会骑着自行车去安徽大剧院，不是为了看电影，去那儿的目的，是因为有几块每日更新的阅报栏。还记得，多少个夜晚，在昏暗的灯光下，看报的远不止我一个。

从世纪之交的 1999 年开始，参加南京到西安铁路的建设，我们的工地在阜阳北路的刘冲村，离市区远了，但那时报纸多了，什么《新安晚报》《安徽商报》，都是送上门的。这期间我在报纸上发的文章也多了起来，2001 年《新安晚报》开展“我为东区发展献一计”征文，我获赠了一年的报纸。那时是合肥大发展的前夜，也是行政区划调整的前夜，随后包河区也应运而生了。

再后来，祖国的建设日新月异。作为工程人，我们单位参建的合宁、合武铁路，彻底改变了合肥到上海、武汉必须绕行到蚌埠的格局，为合肥的大发展奠定了基础。在合肥南站和最美合福高铁施工过程中，包河区社会各界都给予了大力支持，许多镜头都记忆在心。即使现在，我们还奋战在商合杭、合安高铁建设中，始终为合肥铁路枢纽的建设贡献着力量。

在市场经济的大潮中，我们单位也是合肥大建设的“风云企业”和“优秀承包商”。在合肥第一高架——南北高架施工过程中，我们创下了第一钻、第一桩、第一墩的速度，把不可能的事变成了可能，受到了社会各界的好评。我们公司也于 2009 年作为招商引资企业落户合肥，在长江东大街、裕溪路高架、金寨路高架、徽州大道高架、合肥轨道交通等工程中，不断摘取桂冠，与大湖名城共成长。

这些年，在公司从事宣传工作的我，用镜头和纸笔记录下了企业的辉煌时刻，也留下了与包河老城的一个个难忘瞬间，特别是《包公园碑记》和国庆 60 周年中国最美湖区大圩的宣传等图片，见证着包河的发展，让我感到无比欣慰与自豪。

（本文获“我与老城故事”征文二等奖）

合肥南站（王世保摄）

钟灵毓秀包河区

宋业国

20 世纪 80 年代初，在徽州大道与芜湖路交叉口的西北角，“合肥长话通信枢纽工程”建成并正式投入使用。整个建筑由主楼和塔楼组成，主楼七层，层高 5.1 米。塔楼上有双层平台，安装微波天线。从地面至航标灯尖净高为 82.55 米，当时在合肥最高，被誉为“合肥第一楼”。楼顶部东南西北面各设有直径约 4 米的自鸣钟一面，整点以钟声报时，报时钟声整个老城区清晰可辨，合肥人都叫它“大钟楼”。

初始大钟是机械报时，从早上 6 点到晚上 9 点，逢整点先奏《东方红》乐曲，曲终敲钟报时，几点几响。我家离大钟楼不远，我们和大钟楼周边的合肥人一样，习惯在大钟楼钟声的“指挥”下生活。冬天的早晨，6 点的钟声响起后，各家屋里的灯就亮了，一天的生活自此开始。夏日晚饭后在巷子里乘凉聊天，晚 9 点闻钟响回屋休息。

大钟楼紧邻“银河公园”，其前身是环城路外的一条护城河。昔日的河水清澈见底，水草和在其间游弋的小鱼分明可见，岸边的水面常见有些小鱼前来觅食，看似伸手可捉。河面上一座陈旧、色彩斑驳的木桥连起两岸。合肥人习惯从地理位置上划分城乡，认为环城路之内的大街小巷是“市区”，护城河之外是郊外。夕阳西下时分，三两小姑子大嫂子提着从“百货大楼”“工农兵商店”买的糖果、布料等兴高采烈地经由小桥归家，她们大声说着笑着相约下一次再“进城”。

大钟楼连同银河公园都是合肥的一道亮丽风景，80 年代末 90 年代初合肥开始流行拍婚纱照，很多即将走进婚姻殿堂的俊男靓女们，选择银河公园作为拍摄场景，而且背景一定要带上大钟楼。他们给出的理由是：要让大钟楼为我们作证，我们彼此忠（钟）诚、钟爱，我们的婚姻永远幸福、美满，直到白头。

曾经，大钟楼作为合肥的地标和城市名片出现在合肥的宣传画册上、出现在中央电视台天气预报的合肥图片中、出现在与合肥有关的各种场合的报道中。当时的一些票证、烟盒上印有大钟楼的雄姿，连商品包装纸上也印着它的轮廓。

那个时代，“大钟楼”确定无疑是合肥标志性建筑。虽然大钟楼上的钟有过几次停摆，从机械钟到电子钟再到 GPS 卫星校时，那是改革开放过程中科技进步技术更新的必然。如今当东方红的旋律在合肥上空奏响时，我们依旧像以往一样不由自主地停住脚步，习惯性地向钟声方向望去。大钟楼的钟声作为生活起居的报时器，具有浓烈的地方特色，是留在合肥人心目中的集体回忆，承载着合肥人的怀旧情结。这不仅仅代表时间，更有一种仪式感，三十多年来大钟楼似日月当头，默默承载着合肥人的这份骄傲。

我与大钟楼相邻而居几十年，每当看见它在空明的蓝天下，或流动的云彩中，或朝云晚霞的映衬里，静静地矗立在那里时，我的心头便会浮起一种奇妙的感觉：生命如时针和分针，一世匆匆，左奔右突永无止境……只是如何在行进中守住一个中心，像时针一样，在时间的单行道上，奋勇前行，一步步走来，一步步离去，始终脚踏实地不离中心，该敲钟时敲钟，该报时时报时，那样的生活该是多么美好。

每个地区都有自己的地标性建筑，它是地区形象的符号和名片，更是市民对于一个地区的精神寄托。隶属包河区的大钟楼有其独特的文化内涵和历史印记，这里有最朴实的情感、最厚重的积淀、最浓烈的回忆。如果说，滨湖新区是包河的形象和窗口，老城则是包河的根和魂。

保存岁月的最好方式，是把岁月变成诗和画。大钟楼和城隍庙、淮河路步行街等一样，蕴涵着独具合肥特色的地域文化。老城复兴，以保护历史文化为大前提，发现老城之美，挖掘老城的文化内涵，让钟灵毓秀的包河区更具魅力。

（本文获“我与老城故事”征文二等奖）

蠡街夜景（王牌摄）

城南闲话

周嘉莉

快节奏的今天，我们竟没有注意到，自己已经很久没有慢下脚步、静下心来，体味身边的人和事。时光匆匆，人世沧桑，我的家乡已不再是那个日出而作、日落而息的小村庄，却风情犹在。

我的家乡坐落在合肥城南，免不了让人想起林海音的《城南旧事》，而我对合肥城南的记忆虽然简单，却也伴随了我整个成长过程。一声声的吆喝叫卖、田间地头的埋头劳作、孩子们的嬉笑打闹、鸡飞狗跳地你追我赶……这些好像近在眼前，就在耳边。

今日闲来无事，便趁着兴头漫步在宁国路的街头。车水马龙的宽敞道路，错落有致的公园凉亭。记忆中一排排平房，已经悄然耸起了高楼大厦；而常常穿梭的荷塘田埂，摇身一变，成了人们散步、纳凉的绝佳场所。一切都变了，一切似乎又没变。夏日略显燥热的风扑面而来，混杂着老与新、快与慢的味道。

原来，不知不觉中，已经走到了罍街。从起名到建筑风格，都能感受到其所承载的老城记忆。一砖一瓦都带着“徽派”的深深烙印，一字一句都是合肥人的乡音土语。墙上挂着的一幅幅照片写满老城的发展历程，也让我脑海中的记忆慢慢涌现。

小时候的记忆远比想象中深刻，生活十多年的地方不用储存便可随意提取出来。门前的河缓缓而流，一只只蜻蜓挥翅停留在水草上，河边的孩子们手拿圈着蜘蛛网的铁丝嬉笑奔跑；小龙虾从洞中露出头来，孩子们一个个席地垂钓，此刻恐怕是他们最安静的时刻。桑树茂密繁盛，孩子们兴奋地为自己养的蚕宝宝觅食，没想到一个个的嘴巴都被染成了紫红色，不知到底是采桑果还是采桑叶。一幕幕儿时的童趣画面在脑海中闪现，一根橡皮筋便能玩半个晌午，几张画片拍得小手通红，捉迷藏的游戏总在“妈妈叫我回家吃饭”中结束。而小时候我最喜欢做奶奶的跟屁虫，农闲的时候，奶奶就会拉着我去看戏，虽然懵懵懂懂，偏偏喜爱热闹。

老城里有我成长中所有的记忆，我们逐渐长大，老城也在不断发展。让我们欣喜的是，虽然我们都已经长大成人，但是我们又从未改变，依然葆有着曾经的情怀。

罍十巷的入口处最醒目的便是地上画的跳房子，孩子们随手拿起旁边的石子，一扔、一跳，不用几秒钟便成了好朋友。再往里去，孩子们一个个排队在大象鼻子的滑滑梯前玩耍，在闹市中一点也不违和，恰恰增添了一股童趣。旁边传来“尜”“你真尜”这样的合肥方言，让人仿佛置身于村头巷尾的闲唠家常中。曾经带着家人在罍街茶馆看过一次演出，开场的一段曲艺展示很容易将我拉回小时候跟着奶奶去看戏的时光。在罍街走一圈下来，目及之处都是记忆中的人和事，让我们感叹、怀念、心生欢喜。

曾经有人说过，一座城市的价值不在于它的历史悠久，而在于它对悠久历史的记取；不在于它的物质丰盈，而在于它的文化底蕴；不在于它的使用，而在于它的精神。再也没有人称呼我的家乡为城南乡，眼及之处是高楼大厦，是万家灯火；亦有园中小亭，小街小巷，流水潺潺。我们阻挡不住时代发展的脚步，但是我们能够留住地区的特有印记。

如果有人问我和老城的故事，我会说，是变了，也没变。

（本文获“我与老城故事”征文三等奖）

妈妈的小城

孔雪莉

“小城故事多，充满喜和乐，若是你到小城来，收获特别多。”音响里传来邓丽君婉转的歌声，妈妈洗着碗，嘴也跟着轻轻哼唱。包河是妈妈自小生活的地方，承载了妈妈大半辈子的岁月。从牙牙学语，到婴儿学步，再到上学，直至结婚生我，妈妈的前半生一直在这座城内。这座城对妈妈来说在某种意义上已经不再是一座城，因为她见证了妈妈的成长，见证了妈妈的回忆，见证了妈妈的变化。“我的故事呀，比歌声还动听。”妈妈笑着说。

妈妈出生的地方是包河区宁国路，她口中的城早已随着时代的发展变得越来越繁荣。但是，每当说起这座城以前的模样，妈妈总是很开心地拉着我久叙不止，而我对这座城的所有印象也都是从妈妈的口中得知的。

1978 年，妈妈 5 岁。“我们那时候上学迟，5 岁才上幼儿园，每天最期待的就是卖冰棒叔叔的吆喝声。”夏日，那时妈妈生活的包河还算郊区，矮矮的平房里居住着一家五口，大大的农田维持着全家的生计。但是穿着碎花裙的小女孩不懂生活的苦，一听到吆喝声，就飞奔着出门用 2 分钱换取一根冰棒，一边嘬着一边眯着眼笑。那时的夏天，还没有这么热，也没有这么多车，晚上吃完饭，把早早准备好的西瓜从井里拿出来，大家一边纳凉，一边享受着夏日的美味。现在的孩子偶尔看到一次萤火虫便兴奋不已，而妈妈的童年则实在是丰富多彩，抓蝴蝶、逮蟋蟀、捉蜻蜓、捉迷藏……欢乐的笑声回荡在小小的城里，回荡在田野里，回荡在童年的记忆里。

2005 年，妈妈 32 岁。“那年孙金龙当了市委书记，开展了‘大拆违’‘大建设’，推动了合肥发展，建了一个崭新的合肥。”而立之年的妈妈以为三层小楼便是富足，拥挤的建筑便是热闹，坑洼石路便是通道，却在满足于现状时收到了政策拆迁通知。“领导人的脑子比我们灵光多啦。”本着这个思想，虽然不理解，但是妈妈选择了信任。渐渐地，纵横交错的交通设施，构成了包河区新的血脉和骨架，也推动着小城大踏步向前迈进。随着宁国路拓宽、七中迁址、龙虾一条街开业、罍街建造，妈妈的小城越来越繁华。一到夜晚，万盏灯火大放光明，一家家饭店披上了宝石镶嵌的衣衫，一条条街道也都变成了星光闪耀的银河。

2018 年，妈妈 45 岁。“妈妈，包河区要进行老城复兴了！”我开心地对妈妈说，然而妈妈摇摇头：“那不是老城，它在我眼里永远是个不断成长进步的小城。”我能明白妈妈心里的感受，毕竟这里承载了太多她前半生的记忆。然而伴随着大发展，小城的一系列问题也浮出水面：设施老化、道路拥挤、治安问题等等。这些问题，将小城推上了一个矛盾的境地，纵使充满情怀，也要公正审视。时至今日，小城早已不是那片能纳凉、能听蛙声的农田，也不是适应繁华又先进的现代都市，城市的发展终究会继续进行，亦如我的妈妈也不能一直是当年那个小姑娘一般。可是小城永远在这里，在我妈妈的心里，不管城市发展成什么样子，记忆永远都停留在那里。

小城的记忆就像一张张拍立得拍的照片，每一个瞬间都伴随着咔嚓一声，永久停留在脑海里，无法抹去。

（本文获“我与老城故事”征文三等奖）

请到芜湖路上走一走

刘　振

2002 年 9 月，我乘坐列车离开故乡，只身来到合肥求学，立即被省城鳞次栉比的高楼大厦和四通八达的宽阔马路深深吸引。从车站转乘接送新生的校车往学校行驶的途中，经过一条两边长满苍茂粗壮法梧的街道，街上车水马龙人潮熙攘，阳光从密密匝匝的树叶间轻柔地挥洒下来，给人一种难以言说的恬淡安适之感。负责新生接待工作的师兄师姐们，以导游的身份向我们介绍说，这条笔直宽阔的街道名叫芜湖路，因路两侧伟岸挺拔的梧桐树闻名，芜湖路两旁的各类店面，更是让人目不暇接。聊到合肥，不得不提芜湖路；来到合肥，必须要到芜湖路上走一走。那个时候，手机还是奢侈品，拥有相机的学生也是凤毛麟角，所以我保存美景的方式，就是将它深深地镌刻在心底。而“到芜湖路上走一走”，成为我的一大爱好。

大一下学期，没课的周末我开始和同学一起出去逛街，那个年代合肥人气最旺之地当属淮河路步行街，但我惧怕城市的喧嚣，我最喜欢去的地方，还是芜湖路。尤其喜欢一个人走在树冠参天的梧桐树下，迈着慵懒闲散的步伐，踩着周末安谧纯美的时光慢行。我常常脱离结伴出来的同学，独自从稻香楼走到包公祠，途中历数路南侧各个门面，然后再沿着路的北侧返回。漫步芜湖路，是享受一段心灵旅程，它让青春躁动的心，熨帖安宁，温润纯净。

参加工作后，我每天都会骑着单车穿过芜湖路上下班，每个周末都会经由此路去省图书馆看书。幽静的道路与盈盈的书香是如此相得益彰，天长日久，以至于我闭着眼睛就能将这条路上每一家店面的营生，以及它们的邻居从事何种经营脱口而出。即便有的店面几易店主，也抵不过我每天从此路过，而深深将新面孔记在心窝的深情。

搬进新房的那年夏天，父母第一次从乡下来省城看我，带他们乘坐出租车经过芜湖路时，从事小学语文教育的父亲无比惊诧地说："这条路真像一片森林，车辆穿行其中，俨然一道流动的美景。"母亲也诗情画意地发表感言："这条道路分明就是城市的绿肺，电视上说，树木可以降低噪音、净化空气。"我开始打趣他们的"文学家"和"科学家"身份，并对他们说："等周末我带你们到芜湖路上走一走，只有身体力行，才能对这条路的清幽感同身受。"

那个周末清风盈袖，我带着父母走在一尘不染的芜湖路上，向他们一一介绍哪家店的小吃美味可口，哪家店主与我情同手足。大钟楼清越的钟声提示我们，此刻正是北京时间十七点整，市民开始出来享受周末夜生活。这条静谧的芜湖路，在慢悠悠的时光里开始渐渐热闹起来。华灯初上，凉风习习，熙熙攘攘的人群彰显了这座城市的活力与烟火气息。父母首次来到合肥，并未记住这座城市有多少高楼大厦和美味小吃，唯一镌刻心底的，就是合肥有条清幽静谧、恬淡安适的林荫大道——芜湖路。

后来，从车站开往我家方向的公交线路几经改道，高架桥也腾空而起，地铁建设突飞猛进，多元的出行方式拉近了这座城市的距离，我也买了车，可是不管选择哪种出行方式，父母每次过来，都指定要经过芜湖路，感受一下那条路上的安适。

这个城市发展很快，变化可谓日新月异，但是芜湖路犹如得道仙人，在繁华熙攘的尘世里，宁谧如初，超凡脱俗。我很享受每个周末的上午，经过芜湖路去省图书馆与书相伴的时光。路的静谧胜似灵丹妙药，可以涤荡尘世浮华，赋予生活恬淡安适，这份安宁，理应归功于两旁茂密丛生的法梧。

如果合肥是一名著作等身的作家，芜湖路就是她的代表作之一；如果合肥是一位天生丽质的美女，芜湖路就是她清澈碧纯的双眸；如果合肥是一个阳光俊朗的小伙，芜湖路就是他健硕分明的腹肌。若是不信，请到芜湖路上走一走，当自见分明。

（本文获“我与老城故事”征文三等奖）

芜湖路（李文琦摄）

青年路的新生与蝶变

杜世藩

说起合肥的青年路，中老年人印象深刻。20 世纪六七十年代，它是合肥市区的主要道路之一，以现在的称谓，它北起美屯立交桥，向南经徽州大道、合巢路，直至包河大道的葛大店，总长约有四、五千米。不宽的马路蜿蜒绵长，承载了多少人的希望啊。

20 世纪 50 年代中叶，我正在合肥三中（后改为合肥五中）上学。为了响应政府修路号召，全校千余名学生步行到南熏门外修筑青年路。我们学生的任务就是把一段新路基取土填平。当时正是“少年意气，挥斥方遒”的我们，干起活来热火朝天，同学们用大铁锹挖土，装满一筐，我和一位同学抬着就走，倒在路基上，反身回到挖土的地方，放下空筐，又抬起另一只装满土的筐子……下午再干时，我慢了一步，没有抢到抬筐的扁担，只好拿起大铁锹挖土，一脚踩下去，满满一锹土挖上来，倒入筐内，两位同学抬着就走，我趁机加个“馒头”。大家争着讲着笑着，到处热火朝天，进度很快，眼看着这一段路基大功告成了。

兄弟学校的学生来了，各行各业的青年来了，共青团组织来了，热血青年们齐聚青年路。那时没有挖土机，千万把铁锹照样挖出泥土和砂石；那时不用汽车运，千万只筐子齐发力，硬是凭借一代年轻人的热情和干劲，铺成了路基。修路人铺上砂石，一条显示年轻人力量的城南大道诞生了！走在这条笔直、平坦的大道上，我们别提有多高兴和自豪。

接着我们在道路两旁挖坑植树，整齐的行道树栽上后，像是给青年路系上了翠绿的丝带，让她更显青春的靓丽和光彩。

1963 年，我毕业至青年路旁的合肥市第三十二中学（原十二中学）任教，经常走在亲手修建的青年路上，心里有说不出的自豪和得意；看到车水马龙、川流不息的青年路，仍能堪当重任，不辱使命，心里满是宽慰和喜悦；看到学生们、儿女们在青年路上潇洒地走着，热情地唱着，青年路有这一代青年人陪伴，还是活力四射，还是朝气蓬勃。

随着时代发展，合肥城市变大了，老郊区成为市区，道路交通发展迅猛。我目睹青年路为合肥的大建设而慷慨献身：北段献给徽州大道，南段融入马鞍山路、包河大道，中段大部分改为合巢路。我欣喜它的蝶变，虽然称呼改了，但在我心里，她还是青年路，永远是青年路，我的心不舍啊！

半个多世纪过去了，现在合肥交通图上，保留青年路称呼的路段只有 400 多米长了，加上老青年路的合巢路段，经过风雨洗礼，车辆碾压，她衰老了，落伍了，满目疮痍，坑坑洼洼，学生们、孙辈们走在上面磕磕绊绊，下雨天常被溅得一身泥水。我心疼了，难道一代青年修建的大道如此狼狈，就不能返老还童吗？

“忽如一夜春风来”，挖掘机、推土机、压路机来了，不用锹不用筐，全程机械化施工，不到一年，这段老青年路新生了，水泥路面平实、坦荡，排水系统完善，路灯高大明亮，别致的装饰灯，特别诱人。她又以崭新的面貌汇入美丽的合肥之中，再次闪耀青春的光辉。

可是近十年来，这段老青年路（合巢路）又沉寂了，冷清了，渐渐失去了她那青春的光彩，无奈沦为停车场。难道她又要重蹈覆辙？曙光来了，几步之遥的罍街华丽登场。红红火火的罍街一出现，就被包河人打造得香飘千里，闻名遐迩，而且发展迅猛，势不可挡。一个大罍街已经矗立于省城，必将誉满全国。我作为一位青年路初建时的参与者，翘首期盼大罍街的后期工程，能把这段老青年路（合巢路）拥入怀中，给她注入生机和活力，让她再次蝶变新生，恢复本名青年路，焕发青春，为大合肥、新包河贡献出热情和力量，让几代人心中的青年路永远焕发光彩。

（本文获“我与老城故事”征文三等奖）

年华·包河故事

陈露露

垂髫之年

故事还是要从头说起的，起点位于曙光路巷道的屯溪路小学，我记得从入口处便是两旁蜿蜒的梧桐，记得左手边密密麻麻的旧式老屋，记得放学铃声响起各处穿梭的电动车。

生活平淡无奇，和普通家庭一样每日重复着上学放学回家吃饭的节奏，和普通家庭又不一样，我们是外来租住户。我住在一幢三层楼的房子，里面多租住着务工的人，楼下是收破烂收废铁的营生，往前走五分钟便到了学校。对门是一溜排的文具店，卖着小孩子最爱的零食和玩具。零花钱少的便求着爸妈买，有零花钱的身后总跟着一长条尾巴，一样的是大家都很开心，我们的世界无忧。日子过得飞快，学校建了塑胶操场，课间操又学了一套，转眼四载六一，我搬家了。

有人说，这里要重新规划，要拆迁，此时我已经走了，再回来依旧是熟悉的蜿蜒小道，梧桐遮荫，放学铃声。但已不是记忆中杂乱无章的三层小楼，而今她有个好听的名字——中隐于市。舒适的环境、悠闲的腔调、地中海风格，成为包河区的一大特色街区，是年轻人的拍照胜地，商务人士的休闲谈判桌。你可以慢慢地走，只为那隐于喧闹市区的一抹宁静，浅酌一杯小酒，诉不尽的老城繁华。

舞勺之年

故事往前推进，我们搬到南一环的东边尽头，依旧租着房子，几排红砖的二层小楼，显得破旧不堪，隔条水泥马路是最大的花市——裕丰花市，往西三两站是最大的蔬果批发市场——周谷堆，当时就是这番场景。

哥哥每天骑着自行车穿梭，而我呢，则刷着熟悉的学生卡，站在拥挤的公交车里，看着窗外飞奔的景象，开始忙碌的学习生活。再后来，我上了初中，有时会和同学沿着南一环一直走，沿途经过车水马龙，经过青春校园，经过日常生活，再或者，循着芜湖路一路向东，看遍包公孝肃、沿路梧桐，那时这就是我的万水千山。

初中还未结束，我又搬家了，这里要重新规划了。大包河在不断地发展壮大，身为一环路交叉口任务艰巨。不久，红砖变成废墟，青色水泥架起高架，气势如虹，一环交叉口焕发新颜、美不胜收。再往后，听说新的周谷堆市场在建了，现在的周谷堆只保留小部分业务，老城区在持续不断的改造中，越来越好。

二八之年

好似我的求学经历和包河城区的发展一路同行，二八年华，我升了高中，在最美包河新划的滨湖新区。最开始的滨湖遍地农田，而今已是高楼大厦崛起、钢筋水泥林立，最新跨越南北的徽州大道构成了那时的记忆，北起市府广场，南至滨湖大区，快速公交一号线启用，要么背着重重的书包，拼尽全力挤上公交，飞驰在徽州大道，要么坐在妈妈的电动车后座，看尽徽州繁华。

花信之年

故事未完待续，而今我已近花信之年，老城区的印象越来越少，更多的是重新规划越来越美的包河印象。会和三两闺蜜相约中隐于市，感受小城故事，也会在戌亥时刻来到罍街，体验小吃风味。从路边摊到井然有序的室外龙虾街，再到特色主题、时尚前卫的室内街，龙虾俨然成为包河老城区改造的先行者。

记忆深远，回味悠长，抹不掉多年相思；时光荏苒，旧地新颜，磨不灭发展脚步，我与老城共青春、同成长、创未来。

（本文获“我与老城故事”征文三等奖）

现代化的滨湖新区（邦成功摄）

快递从业者、农民工的廉租集聚区；原是
楼和新的商业区、住宅区……它所属的小
好友无不赞美，可时光无情，新村变成
部分。

如今，很多职工都已因为住房改善、
到了滨湖。留在小区的，多是如我父辈
旧小区改造的政策，让它焕发新颜。我真
五里河片区综合改造的东风，早日完成
户区和工地的窘况。我希望小区周围绿
更清。

即使我没有再回到505居住，即使
它早已深深镌刻在我心里，是我生命中
远魂牵梦萦的家，我的根。

（本文获“

魂牵梦萦的地方

黄　颖

让我魂牵梦萦的地方，是我的家，位于常青街道姚公庙东风新村24幢的505室。

这是我1996年结婚后满7年，到2003年才终于拥有的第一套住宅，是单位的小区。在此之前，我们一直四处租房，以平均一年多一次的频率搬家换房。

刘震云在《一地鸡毛》里说：合居（两家人合住一套房）是法西斯。照我说租房也是法西斯。我和老公都是工薪阶层，九十年代那会，俩人月收入加起来也就一千多点，不敢租条件较好的套房，专瞅单位附近姚公庙的民房。房价倒不算贵，一个月百把块钱，可只有一间较大的房子，厨房就在走廊里凑合，或者是临时搭建的草房。用水非常不方便，数家租户共用一个水龙头，郊区水压低，越是用水高峰，越到夏天，你就着急吧！房间里当然没有卫生间，野外的露天土厕，那个脏啊……印象深刻的还有每逢下雨，门口的泥泞齐小腿深，咱们好歹也讲究点形象，一脚水一脚泥上班实在不雅，只好拎着皮鞋，到大路口把胶靴换下，或是用大塑料袋套至膝盖，到水泥路再甩掉。

我那时非常羡慕别人住套房，常
室，只要有厨房、卫生间，那该多好
不快也被放大，常常感到沮丧，怎么

因此，安居乐业，有屋才有家，
租了七年的房子，尝遍各种生活不便
父母小住而感到伤心之后，在因为居
好的生活的酸楚之中，更能体会其中
尤为强烈。

那是到了新世纪，单位传来喜讯
公合计，无论如何，买！虽说是商品
到 5 楼 90 平方米的一套，虽然楼层、
心满意足了。房子还是空中楼阁时，
里是咱的家！早早地盘算着如何装
2001 年春，房子终于动工，开始交
节省每一个铜板，最后在长辈的支持

等待新房的过程绝对是一种甜
半，没有开灯，而我站在客厅，一
厨房、卫生间……几近热泪盈眶，这

我的家——东风新村 505 室，它
见证社会的发展和变迁。可爱的儿子
着金寨路高架桥从 2007 年修建时的
出北门即是菜市，热闹非凡，两边商
灯火通明，“牛气麻辣涮”吸引八方
面的广播学校陆续搬迁，当地居民在
地；西边靠金寨路东侧随着 2011 年

记忆中的淝河

祁家君

在这世间，一切事物都在变化。经过近十年的变迁，又是一个崭新的世界。而我从懵懂的大学生变成了正值壮年的男人，我亲眼见证了十年里我家乡淝河的成长历程。

时间回到 2008 年，当时我正在安徽工商学校上学，突然有一天接到父亲的电话，说淝河镇即将举办一场隆重的活动：淝河镇建镇一周年，其中一项活动就是家庭才艺表演。当时父亲在淝河镇黄巷村委会工作，由于父亲自幼喜好书法，而我自小更是看着他的字长大，有那么一点功底，因此父亲想让我与他一同参加家庭书法才艺表演，以此庆祝淝河镇建镇一周年。带着一丝紧张和父亲的殷切期盼，我答应了。为了充分表达对家乡未来的憧憬，我终于想好了“真抓实干谋发展，昂首阔步奔小康”的作品主题内容，并用了三天时间在学校宿舍进行了多次演练。活动当天，我从学校赶到当时活动地点平塘王村委会，在父亲的指引下我礼貌性地跟在场的领导打着招呼，不曾想到，父亲的这些领导和同事如今也成了我的领导和同事。

最终，我以一幅不标准的楷书《真抓实干谋发展，昂首阔步奔小

康》以及父亲的行草《淝河飘玉带，展示新风采》作品，获得了家庭才艺表演第二名。尽管我土生土长在淝河，但这次活动是我与淝河的建设发展第一次面对面接触，永生难忘。

瓦房、泥巴小路、田野空地等一派景象是我小时候对家乡最深的记忆，一直到区划调整建立淝河镇以来，面貌逐步发生了变化。我于2009年底进入淝河镇黄巷村委会工作，亲身经历并参与了淝河镇建镇以来所做的种种努力和不懈奋斗。

看，祁门路、北京路、龙川路、淝河路、巢湖南路等一大批城市主干道建成通车，曾经泥泞的小土路现在都变成了宽敞的柏油马路；看，淝河佳苑、安百苑A、B区等高层住宅区建成，百姓从曾经的小平房、瓦房搬进了市里的高楼；看，黄巷、卫乡、关镇三大货场码头搬迁，曾经令百姓诟病的环境脏乱差得到了质的改变；看，刘衖城中村改造第一锤落下，备受瞩目的淝河片区总体规划已经转向实施。太多的项目、太多的变化，让我由衷地感到激动、鼓舞和自豪。

2017年6月淝河片区综合改造正式启动，淝河由点到面的发展思路得以实现，淝河即将蝶变重生，这对于淝河历史和全体老百姓来说都是一件大喜事。淝河将成为宜居乐业的品质之城，成为合肥城市发展的精品工程、群众满意的民生工程。

今年，正好是我与淝河共同成长的30年。我生在淝河，长在淝河，看到淝河建设蓬勃发展，这就是对我最直接的鼓励和教育。上下同欲者胜，下一个30年，我要继续与淝河同成长、共奋进。

（本文获“我与老城故事”征文优秀奖）

南淝河畔的卫立煌故居（叶玉庭摄）

老城恋故情

杨玥涵

一直不擅于文字写作，虽然也尝试过多次，但每每不是半路夭折就是虎头蛇尾，也就放下了笔，拿起了手机。但谈及老城，倏然间文思泉涌，闸门打开，思绪与记忆如洪水般涌出，让提起的笔有些措手不及。

任何华丽的修饰词都不能很好地概括我对老城的情感，过分地雕琢，只会让老城中残垣断壁的一角更显心酸。时光让景象开始陈旧，谁也抵挡不了岁月的侵蚀，只是老城虽经历了风霜，记忆却依然鲜明如初，在沉淀过后愈加从容和醇厚。

那一隅小铺，是搭建现在与过去的桥梁。

那熟悉又陌生的老板娘，作为时间的记录者，支撑着老城不愿老去的坚守之魂。

任何事物都无法与时间作对、赛跑，时间改变了一切，却与记忆相伴，像一坛陈酿，饮一口微醺，流两行热泪，与老城的故事便可开始讲述。

街角的糯米饭团是小时候早饭的必备，手里攥着家人给的零花钱，从出门开始就计划着这一两个钢镚的用处，买不起个头大的饭团，于是就觍着脸去向老板求情，是否能减少用量与价格，将糯米饭团做成只需5角钱的迷你版甜饭团。

那竹筒蒸煮着香喷喷的糯米饭，加些许白糖，拿毛巾一拧，一股幸福感油然而生，一天的好心情从早上开始。

记忆里的商之都是放学的必经之路，也并不是非得从那边走，醉翁之意不在酒，去蹭空调倒是真的。家里那时候的条件不好，商之都入口处的空调，便成了一群孩子小时候天然的避暑山庄。大家吃着卫龙辣条、喝着可以使舌头变色的劣质汽水，等到天色渐暗，感觉不妙，又都慌慌张张地抓着书包撒腿往家里跑去。那时候的商之都远没有现在的富丽堂皇，它也成为承载儿时记忆的重要地方。

因为家住在包河公园旁边，所以我算是包河变迁与发展的见证者。印象里，包河只是小时候和伙伴玩耍的地方。飞驰的滑板、在大草坪上放风筝，还有那个如同镇守一方水土的石龟。从崎岖不平的道路，到现在平整的柏油路；从浮藻丛生的池水，到现在鱼虾成群。感叹时光让这一切变老，又让这里焕然一新。

前一段时间，听闻代表父辈那一代人记忆的长江饭店拆迁了，很多人去见证，也是一种对自己记忆的告别仪式。作为90后一代，我们对于老城变迁有着最质朴的记忆、最浓烈的情感、最深刻的牵挂，以及最真挚的愿景。在新区迅速崛起的背后，是老城在衰老、破败，让人不免感伤。春去秋来，曾经宽广的道路，现在看来既狭小又拥堵，两边行道树逐渐枝繁叶茂，光线透过老树，斑驳成影，不经意间思绪便被拉远。

其实每个人心中都有一座自己的老城，或红墙白瓦，或楼房层叠，又或是高楼林立，不同年代，不同人群，经历的时代不同，对于老城的记忆也不尽相同；但这份记忆，永远不灭，尘封许久，一经提及，便破匣而出。

有人说，现在的老城像快要落败的日不落帝国，只是在负隅顽抗，保存自己老城的尊严。但我不这样认为，这是一条蛟龙，累了打个盹，醒来之时，重振精神，腾飞冲天，涅槃重生。

（本文获“我与老城故事”征文优秀奖）

曾经的大院

戴 煌

夏夜闷热的烦躁和闹心，使得人正常思维的功能在不知不觉中退化——我明明记得自己是起来拿风油精的，却鬼使神差地打开了厨房的后门，一屁股坐在了小区的石凳上傻傻地数着星星。一阵下半夜的风吹起了满脑子的乱麻，我梦游般地想起了以前居住在长江路上的那个财政厅大院：满院子里横七竖八地躺着纳凉酣睡的人，像巨大的立体展示图片，仿佛伸手就可以触摸到，然而，我清楚地知道——那已是 20 世纪的事了。

城市小区的雄起，使低矮的平房，单位简陋的宿舍迅速消失，尤其是那些过去一直让人们自豪的大院，也几乎在合肥的城区里变成了历史。以四牌楼为中心的老合肥，过去那里的大院是何等的辉煌啊！如我所居住的财政厅大院、一墙之隔的省文联大院，再往后一点是商业厅大院，右边是供电局大院和省轻工业厅大院……虽然这些大院里没混出些什么出了大名的像“痞子”一般的王朔，带着“流氓匪气”的姜文，但实在地说，大院特有的文化氛围养育了一批有涵养的人群。前些日子手机里收到信息，大致是招呼财政厅大院的发小们聚一聚，请大家把儿时的老照片发回去，末了加了一句样板戏的话：人生如梦，转眼就是百年了啊！读信息时，我正在拉萨的布达拉宫顶上，热毒的太阳晒得我缺氧似的大喘气，但心里却时时地怀念给我发信息的“发小”——其实，这么多年随着大院的消失，我们早已不来往了，而且甚至连他啥模样我也记不清了，但我们都共同记得财政厅大院那段日子，就像一提老三届就要唱《国际歌》一样，大家心照不宣地找到了共同点。大院，其实是新中国成立后供给制时期的一个特殊产物，年岁长一点的老同志，在这里能找到共同的记忆。

那时四牌楼周围的大楼就是合肥市的地标，而我们财政厅大院几乎是中心的中心，夹在建行和农垦厅大楼中间，约住了几百户人家。印象中，我家又是前面的院中院——一个小小的独立门户的院子。

其实，大院和小区是没有本质上的区别的，因为都是让人住的呀！小区无非是把大院的平房叠加成空中阁楼，多住点人罢了。可我渐渐发现，小区里的人情味与大院相比，越来越淡。以我居住的小区为例，住了近五年，几乎没有交到什么朋友，甚至连一个门洞里楼上楼下的邻居，也只是在停车时碰到点点头。以往大院里谁家烧个什么好吃的菜，邻居们都可以闻到香，那家倒也不吝啬，每家分一小筷子——请千万别小看这一丁点的菜肴，那是人们情感联系的纽带啊。想当年夏日大院纳凉时，靓丽、漂亮的大姑娘、小媳妇一样和我们孩子似的穿短裤衩露天睡在草席或凉床上，从来没听说过什么“流氓事件”。天蒙蒙亮时，她们揉揉惺忪的睡眼，把地下收拾干净各自回家，第二天，办公室里又出现她们靓丽的身影，没有谁往坏的方面想心思，那才叫和谐社会啊！

前些日子去新华书店淘宝，又回了一趟老院子，虽然还残存那一丁点留在我生命记忆中的痕迹，但随着长江路的第三次改造拓宽，建行、农垦厅、供电局大楼都已夷为平地，所谓财政厅大院已经真正成为记忆中的历史了——在我家小院的地基上拔地而起了一座几十层的高楼，印象中叫什么“花样年华”，呵！那小院里我的花样年华要真是这样移植到这座挺拔的混凝土森林里，也是一个幸事啊！只不过，那些大院和谐的文化精髓，最好能一点点地一滴不漏地搬到重建的小区里，否则，老是在传媒中读到小区为电费停电梯，为水费打架，为车位拼刀子……那可真比天热还让人烦躁闹心啊。

（本文获“我与老城故事”征文优秀奖）

参谒包公祠

陈宏明

我工作生活在紧邻合肥北部的一座城市，由于距离近，交通便捷，一有机会常往合肥跑。每到合肥，必到包公祠去参谒。

在老百姓的心目中，包公是个清官。小时候常听老人说包公铁面无私，秉公办案，敢铡欺君负义的状元、驸马陈世美的故事。告状的秦香莲和负心郎陈世美这两个人物家喻户晓。20 世纪 80 年代我在合肥求学，只要上街，得闲就到包公祠转转。记得有一回下午到了包公祠，浏览了祠堂的角角落落，流连忘返。在一亭阁处静坐，沉思久远年代的故事，坐落在旁边的邮电大楼敲响了报时的钟声，一遍又一遍，洪亮悠长，激荡心扉，转眼间几个小时过去了，天色不知不觉地暗了下来。

那时的合肥还比较荒凉，可供游览的地方并不多，不像现在美景数不胜数，人们常去的地方主要就是逍遥津和包公祠。这两个景点都是有故事的地方，相比之下，我到包公祠的次数更多一些，主要是距离近，稍走一会，在浏览包河城区风貌的同时便直达目的地，再加上对包公故事的熟悉和对包公的景仰，转起来也更有味道。

包公祠置身于包河公园，紧邻芜湖路。传说当年包公清廉自律、高风亮节，不要皇帝赏赐的半个庐州城，仅要了一段护城河，此为包河。进入包孝肃公祠，只见厅堂里端坐着包拯的高大塑像，上方是“色正芒寒”四个金字，表现了黑脸老包的凛然正气。包拯曾有：“清心为治本，直道是身谋”的诗句，他认为清廉是治世的根本，正直是为人的准则。包拯清廉正直，铁面无私，刚正不阿，盛名流芳，世代受到人们的敬仰。每年来此游览的人络绎不绝，在游园观景的同时，感受浓郁的清廉文化，这个很有特色的游览胜地也被中纪委命名为首批“全国廉政教育基地”。

因包公祠与包河公园毗连，周边景色秀丽，来这里常见岸边垂柳飘拂，水中荷花盛放，伫立水边令人不由想起周敦颐的《爱莲说》中的语句：“出淤泥而不染，濯清涟而不妖。”联想起传说中包河里的藕无丝(无私)，观景更有别样意趣。近年来，与时俱进的包河公园也在加强改造建设，现在这里水光潋滟，嘉木葱茏，亭阁掩映，曲径通幽，和我们那时在合肥上学时比出落得越发漂亮了，更宜于观光、休憩、养生、遐思……

现在，我已经退休了，老习惯未改，闲暇时来到合肥遛一遛的趟数更多了，到包公祠看一看的次数也更多了，对这一片区域比较熟悉，有很浓的情结。几十年过去，伴随着省城合肥的高速发展，包河包公祠这片区域也发生了天翻地覆的变化，大楼多了高了，道路宽了整洁了，环境漂亮了干净了，人们的精神面貌也更加昂扬，时时处处让人感受到“大湖名城，创新高地”的城市精神。

前不久，在省城遇到一个 80 年代在合肥一起上学的同学，他从老区金寨过来。多年未见，格外亲热。老同学相聚便想故地重游，在省城转转，我们又不约而同地提到包公祠，携手一块来到包河公园，遍览包公祠堂里的展品和周边环境，一路上我们谈变化、谈感受。回去后，兴犹未尽，他通过电子邮件给我发来一篇题为《大别山，城里路》的散文，开头两句便是："大别山有如海的竹林，城里路有如林的高楼……"尽情畅叙时代的变迁，精神的传承，美好的未来。他撰文情真意切，我感同身受。

（本文获"我与老城故事"征文优秀奖）

舌尖上的包河（郑成功摄）

卫岗支巷的那段青葱岁月

胡大伟

从 2004 年秋到 2008 年夏，我足足在老城待了 4 年，也就是 1460 个日日夜夜。这是一段弥足珍贵的时光，其中最难忘的，是居住在卫岗支巷的那段青葱岁月。

卫岗支巷位于望江路省儿童医院的旁边，是一条幽远纵深的小巷。白天，这条 380 米的小巷似乎并不起眼。可一到了晚上八九点钟，气氛就立刻变得热闹活泛起来。卖烧烤卖凉粉卖凉皮下馄饨下水饺下面条的小贩串联起五颜六色的吆喝声，让这条白天寂寞冷清的小巷变得不再孤单，反而如一位妖娆的女子一般风情万种。这里没有阳春白雪式的风貌，却有道不尽的下里巴人的姿态。

居住在这条小巷里的人，除了经常遛狗的包租婆，大部分就是刚毕业急需承租房子的大学生了。忙碌完一天的工作，挤着沙丁鱼罐头一样的公交回到家，身心早已疲惫，急需放松。于是乎，召唤几个熟稔的好友，或下馆子，或泡网吧，或到近在咫尺的院校散散步、说说现状、谈谈理想，倒也是一番快意人生的潇洒事。

小巷不仅有最接地气的吃食，也有让人耳目一新的文艺范儿。这种文艺范儿是一位73岁的老头一手“缔造”的，虽然他看上去只有54岁。他卖书，专卖二手书。晚上八点，只要天公作美，必准时开业。他推着一辆三轮小板车，停靠在小巷的路牙子边，在地上铺一张大胶纸，将自己从多方渠道“淘”来的“收藏”分层铺开，杂志类有《收获》《读者》《当代军事》等，书籍类是主打产品，中外名著、史论、名人传记等，倒也琳琅满目。他卖书并不和颜悦色，看到那些只观望不购买的假把式，身材修长的他会虎起脸大喝一声：“到底买不买？不买就别乱翻！”别看他年纪大，但声如洪钟，这一声吼，整个小巷就如同突发性地震一样。翻书者看到他那睚眦欲裂的恐怖神态，弱弱地回应一句：“翻翻都不行吗？”

“翻什么翻？爱买不买，不买滚蛋！看你就不像一个文化人，有辱斯文！”老头一点面子都不留给对方，把那人“冲”得悻悻而走。

但对我，他却是例外的，因为我看中必买，帮他减少了不少库存。在他眼里，我还勉强算得上是一个不辱斯文的知识分子，有资格和他搭上几句话。我也特别幸运地“淘”到了几本自己心仪的书，像《独秀文存》《徽州文化研究》，还有一本大页版带插图的《红楼梦》（上卷），价格低得我不敢想象。有那么一次，我极其荣幸地被他邀请了，有幸一览他的藏书宝地，果然是书山书海、卷帙浩繁啊！原来地摊所见，仅为九牛一毛而已。

“这些书是我一辈子的收藏，我年纪大了，儿孙不孝，又不能继承我的文化事业，以后这些书，真不知道怎么处理才好？”他婉诉衷肠，我倍感凄凉而惊讶：这么多书，他自己又精心研读过几本？居然将此当作文化事业来做，似乎是书虫一枚。看来人不能成为书的奴隶，让书成为自己一辈子的负担！

后来，那些书也跟着我回到了芜湖，过起了安居乐业的日子。2017

年的夏天，我去合肥公干，利用晚上的时间，约了几个合肥的朋友，再次到小巷故地重游。这一次，我没有看到那位卖书的老头，如果他还健在，今年应该 82 岁了。

但弥漫在空气中的油烟味，和那一排排经规划后显得秩序井然的摊点，似乎也在回忆着老城小巷的过去，正如烟而逝！

（本文获“我与老城故事”征文优秀奖）

幸福扑面

陈立明

我读高中时，舅舅家租住在姚公庙城中村。暑假，倒几趟车辗转来到姚公庙，采金寨南路两边的槐树花苞，晒干了卖钱，积攒学费。我与合肥的亲密接触，便始于姚公庙。

那时的姚公庙，十字街一带最繁华。西向是菜市场，卖菜的、卖鱼的、卖肉的和买菜的、买鱼的、买肉的穿梭于逼仄短小的半条街里，讨价还价声、剁肉声、杀鸡宰羊声、吆喝声……掺杂在一起，像一锅煮沸的杂粮粥；南街和北街多是小食店、杂货店、理发店、卖衣店，间或夹杂几片土特产店，街口是几架卖烤鸭、猪头肉等熟食手推车，以及卖水果的几家摊贩；从早到晚，车水马龙，熙来攘往，络绎不绝；东街比较冷清，往东南延伸，是一大片又一大片绿油油的庄稼地。

飞天石化和姚公影剧院，是姚公庙两个知名地标。距影剧院不远处，有一只老旧的邮筒，皴裂了许多口子，油漆脱落得斑斑驳驳，沧桑而又古朴。那时候还没有祁门路，邮筒被卖烟花爆竹的商贩包裹，像是一个满怀心事的隐者，隐藏在平平仄仄的市声里。

去南方滨江小城读书，坐车到舅舅家，从姚公庙中转，到姚公影剧院下，拦下去往学校的大巴。暑假待在舅舅家，给女同学一封又一封地写信，殷殷切切地投到影剧院下方的邮筒里。心里颇为忐忑，担心信会不会有邮差来收。其实，担心是多余的，每一封信都妥妥帖帖地邮寄到了女同学手里。女同学变女友的那封情书，也是从这个邮筒里发出去的。一粒爱情的种子，在此萌芽。

大学毕业，来合肥发展，直奔姚公庙，落脚在建工学院后门旁的民房里。杂乱无章的民房，在我们交了低廉的房租后，给了我们风不打头雨不打脸的城市眷顾。民房周边小吃店林立，菜市场又近，1 路、101 路、126 路、148 路、226 路等众多公交经停，生活和出行都颇为方便。

一只扑闪着翅膀进城觅食的候鸟，看不到合肥这座大城市的边沿。姚公庙成了我心灵停靠最温润的巢穴，我熟悉这里的天空，熟悉这里的街道，熟悉这里的菜市场，熟悉这里的店铺，熟悉这里的气息和味道，就像熟悉自己血管的走向。还因为舅舅在这里，心里多少有份依靠。

于我而言，姚公庙藏着隐约不见的磁场，像一根细若蚕丝看不见的线，牵着一只东奔西突的小小鸟，让我飞不掉，也走不远，以姚公庙十字街为圆心，以十字街的街长为半径，心怀明媚的憧憬和希冀，一圈一圈又一圈，涂抹着生活，勾勒着美好未来。

金寨路修高架时，出行十分不便，一到雨天更是泥泞难行，我也没舍得搬离姚公庙，忠实地支持着这块熟悉的土地。后来经济条件稍好，在菜市场西街不远处金祁花园租了套两室一厅，举行了简单的婚礼，结束了八年的爱情长跑。每每晚上散步，走到姚公影剧院老楼下，我都会禁不住跟妻说，给她写过的很多封信，都是从影剧院下的那个邮筒邮寄出去的，我们的爱情也是从脚下的这片土地生根发芽……

不久妻怀孕了，我由衷地感谢这片土地，毫无疑问，姚公庙是我的幸运福地。因工作关系，短暂离开过合肥一段时间。再回来时，我们已经成了姚公庙的主人，我们成了菜市场北一个高档小区的业主，有了一套宽敞明亮的三室两厅。迁徙游荡了许久，终于把根须扎进了姚公庙这片炽热的土地，成了姚公庙不可分割的一部分。

新菜市场在姚公新苑楼下，原西街的露天菜市场高大上了许多。祁门路也已全线贯通，笔直宽敞。闲暇时候，携妻带子，去西边的天鹅湖散步游玩，一路靓丽高大的楼房，早已把昔日城郊接合部的姚公庙隐去，变幻出一个崭新得让人刮目相看的姚公庙。

时间收割了低矮破旧的城中村，把高楼大厦和美好生活种植，姚公庙已然出落得亭亭玉立。紧锣密鼓施工中的地铁 4 号线将为这里的出行带来更大便捷；修整一新的十五里河姚公庙段，慢行步道，花草葱茏，行走其间，清风拂面，鸟鸣阵阵，舒缓而惬意；东边的大型邻里中心，吃喝玩乐购，一站式轻松享，一派繁华大都市的景象……汽车南站近在咫尺，高铁南站也仅十分钟车程……

蜕变与新生，像一粒粒饱满丰盈的种子，撒遍这片沸腾的土地。

姚公庙的成长出乎我的预料，那种坚韧的、宽阔的、汹涌的力量，让这片原先城乡接合部的土地，华丽变身，成长为国际化大都市的一部分。不管是从街北搬到街南，还是从街西挪窝到街东，直到在这里定居下来，从一只候鸟变成留鸟，只要站在姚公庙的这块土地上，我的内心就会生出一份坚实的安稳，那种脚踩大地、头顶蓝天的踏实，让我远离城市的冰冷与疏离，推开窗，幸福就像潮水一般扑面而来……

（本文获“我与老城故事”征文优秀奖）

乡　恋

王宏梅

席井村有九个村民组，席井组是这九个组之一，我就是席井组土生土长的“席井村姑”。

我的微信里有个叫“家门口小伙伴”的群，群友 8 位，由我们在席井一起长大的好朋友组成。每年年初一在席井小聚、回忆童年往事，成为我们这些年雷打不动的春节活动之一。2017 年 6 月，因淝河片区改造项目，席井组响应政府决策，启动了整体搬迁。今年的发小相聚增加了一项，我们把席井的每个角落重新走一遍，把每个角落的故事都回忆一遍，在欢声笑语中留下合影。

身为 70 后，我们的童年基本处于放养状态，那时候春夏秋冬，四季分明。初春的墩塘和双塘边柳条吐绿，田埂边荠菜朵朵，清晨喜鹊喳喳，夜晚蛙声阵阵……“凌寒冒雪几经霜，一沐春风万顷黄。”到了三、四月间，南冲北冲满目金黄，一眼望不到边的油菜花田，花香弥漫扑鼻。“招引蜂蝶伴舞忙”，置身在油菜花的海洋中甚是陶醉。五月，蚕豆成熟，妈妈用针线把蚕豆串成串放饭头上蒸，等我们姐弟仨放学到家，一人发一串，挂脖子上既可做蚕豆项链又能当零食吃，整个春天就这样欢乐地度过。

转眼到了夏天，五、六月份是小村庄最忙碌的时候，收割油菜，放水插秧，爸妈从早到晚都在田里，为一家人全年的粮油辛勤劳动着。

小时候我家是养猪专业户，爸爸自创了一套科学养猪法，每天傍晚把猪赶出去放风，猪在席井路边拱草根撒欢。那时弟弟还小，放猪的任务就落在了我和妹妹身上，妹妹是个暴脾气，对于放猪这个活很不屑，经常闹着罢工，也经常因此挨打。不过我倒是觉得放猪这个活挺惬意的，每天放学后，拿上书本，和放牛、放鹅的小伙伴们，一起伴着夕阳看书学习，待到太阳下山，牲口和家禽吃饱喝足，村头巷尾便会响起：“二宝哒，小三，小四，红梅，二的哎，来家吃晚饭嘞！”

我们那个年代，不像现在的孩子假期都奔走在各类补习班，暑假就一点暑假作业，其余时间除了帮妈妈干家务，剩下的就是疯玩了。每到中午趁大人午睡，就偷偷跑出去网知了、抓蜻蜓、钓龙虾。爸妈怕我们到水塘边玩水，整个村庄的大人们都不约而同地编个吓人的水鬼传说，以至于我到现在一个人去双塘边，都会心生胆怯。

那时候家里很穷，但是对于背着冰棒箱子走街串户叫卖冰棒的诱惑总是抵抗不住，爷爷不忍心看着我们眼巴巴地咽口水，时不时就会别着几个鸡蛋，给我们姐弟仨每人换一根冰棒吃，那时的香蕉、豆沙冰棒是我这一生吃过最好吃的冷饮。

为了秋收打稻谷，家家户户门口都有块大场地，铺上稻草灰用石磙一遍一遍碾压，平整不开裂。同时也是我们夏夜玩耍、纳凉的好地方，一到天黑把凉床抬出来，一群孩子嬉笑打闹，满头大汗。吃过晚饭，洗完澡，妈妈挂上蚊帐，孩子们伴着月光进入梦乡。

秋天是个收获的季节，花生，山芋，芝麻，稻谷……忙碌而充实，乡亲们见面的谈资基本都是今年收成如何如何的好，稻谷如何如何的饱满，整个村庄洋溢着一片瓜甜果香粮满仓的喜悦。

秋收秋种忙完，眼看冬天到来，可以稍微清闲几个月了，家里的小猪仔到了出栏的时候了，除去各类开销，爸妈还预留了一小部分称个十几斤猪肉腌制晒干，妈妈每天按人头数，基本每人一块咸肉放饭头上蒸。可是每次端起碗，她的那块肉都舍不得吃，夹到爸爸碗里，于是两人你推我让，最后不是让给爷爷吃，就是到了我们仨孩子碗里。

那个年代家里没有空调，没有电热毯，但是智慧的妈妈总会在严寒到来前准备一些白净的稻草，洗干净几条麻袋，稻草装入麻袋，缝好，垫床板上，再铺上棉被，整个冬天，暖暖和和。

现在的席井虽然已是废墟一片，但是这里有着我们浓浓的感情、深深的乡恋。席井村民们也在憧憬着几年后即将住进环境优美的小区，眼睛笑成了一条缝。

（本文获“我与老城故事”征文优秀奖）

新城，老时光

黄睿睿

书上都说，一座城埋藏了无数人的心事，时间久了，沉淀为老城的故事。

——题记

第一次被朋友约去弄堂最里处一座别致的二层小洋楼，爬满蔓藤的墙壁，圈圈缠绕着漆白的铁梯子，踩上去竟格外结实。沿着外台一路走，满墙的照片写着各地的山水，最边上的一间，朋友早就候在里头，简单文艺的木质沙发，扶手上装饰着工艺品，中间围着一条长桌，上头早已摆满红的绿的，让人垂涎欲滴。

你第一次来吧？朋友对我过于明显的惊讶，格外自豪：这儿就是中隐于市。

中隐于市？我自是不解。记忆里嘈杂拥挤的曙光北路，各式的摊点挤对着可怜的车道，早出晚归穿梭在冷漠与隔阂之中，最多的交集不过是你多占我三分地方，我还你几分颜色。都市里闻惯了汽油和雾霾的味道，哪里还有这份文艺典雅的心绪？

朋友摇头，曙光路是老合肥人的记忆，不仅要分流交通，还要兼具商业、生活、文教等多种功能，重压之下，安有完卵？再好的地标也成了脏乱差。包河老城改造计划给这里注射了一针强心剂，不改变骨子里的味道，重新融入新徽派及南欧的建筑风格，单单这一片简洁明快的区域，就将世界和外头的四轮铁皮隔绝开了，这儿，可以找到现代人的真心。

循着朋友话里的意思，我仔细走在中隐于市的弄堂里。不似跳蚤市场的喧闹，有别于高楼林立的疏冷，这儿的风格任性妄为地包容着多种创意文化元素，不拘一格的门牌和设计，霸道地吸引你在这形形色色的店铺前放慢步子。

擦肩而过的多是年轻人，有些学生打扮，有些白领装束，不乏肤色不同的背包客，择一间落地透明窗的咖啡屋，点一杯摩卡或其他，听着门口风铃高高低低的撞击声，随手翻起边架上成列的书。放眼屋外，三三两两，拉手并肩，无不是笑着嬉闹着的年轻人，忽觉是有多久没这么放松过，时间也体贴地慢了下来，如同勺尖丝滑的咖啡，温柔地感受着滚烫和沉淀。

夜悄悄来临，白日里单色调的地儿点上了夜灯，心怀梦想的驻唱抱着吉他哼着引人遐思的小调，三两个朋友围坐在一起，点杯清酒，聊得欢畅。散场，微醺却清醒，这里不是买醉，而是来改变早已格式化的生活。

香山居士在《中隐》里言："大隐住朝市，小隐入丘樊。丘樊太冷落，朝市太喧嚣。"介于小隐隐于野，大隐隐于朝之间，繁忙负重的城市人，用一次现代与传统完美结合的包装改造，取其平衡，中隐隐于市，在这"别有用心"的新城里，攫取一段独属于自个儿的老时光。

（本文获"我与老城故事"征文优秀奖）

夏天夏天就要过去

——我和包河的夏

吴安旭

我的24个春夏秋冬几乎都是在合肥度过的，合肥土著人总是对这一片故土有着天然的感情。即使大学四年离开了合肥，每每从外地回到合肥火车站的那一瞬间，口音便会自然地转换成熟悉的乡音。结束了在江西的四年大学生活后，我又回到了合肥，开始我的研究生生活，因为怀念着瑶海的风、庐阳的霞、蜀山的雪和包河的夏。

我家住在合肥四大老城区之一的瑶海区，过了孝肃桥，不远就来到包河区。24年的生活中，春夏秋冬各有不同的回忆，而夏天却仿佛是包河区的专属。包河区得名于包河公园——为纪念宋代名臣包拯所改造的公园，包拯刚正不阿的形象自宋元一直流传至今，武侠小说《三侠五义》更是将这个铁面无私的包龙图深深地烙印在中国人的心中。这一历史人物的形象，也潜移默化地影响着合肥的民俗文化。包河公园中最核心的一块水塘便是包河了，包河的东头有一大片荷塘，传说这里生长的莲藕无丝，象征着包拯铁面无私的个人品质，而对我们这些合肥土生土长的孩子来说，包河的荷花在小学作文中的出镜率，可称得起全市最高。

那时的我作为一个小学生，沉浸在暑假来临的愉悦的同时，还不得不面对一本本的暑假作业，其中最令人挠头的便是作文！暑假中为了完成一篇作文而搜肠刮肚，而此时几乎每个合肥的小学生都会想到一篇绝好的写景题目——包河的荷花。挑一个周末，和父母一起起了个大早，一家三口趁着太阳还没完全升起来步行到包河公园。从九狮桥进入包河公园，正好就是那一大片荷塘，我一边看着荷花一边在心里盘算着我的作文："夏天到了，荷花开了，今天我跟爸爸妈妈到包河公园看荷花……"围着包河走一圈，沿途两侧都是碧绿的柳树，路上三三两两的都是晨练的人群，偶尔还能看见一两位老大爷，握着一米来长的大毛笔，蘸着包河水沿路写下古人的名句；公园里的大草坪上，抖空竹的、打拳的、遛鸟的不一而足。那时的我时而跑过去看看大爷们写字，时而跑过去蹲在草地上看着人家抖空竹，早把作文的事忘到大蜀山去啦。不知道过了多久，父亲手里已经用柳条编好了一个小柳圈，往我头上一戴，笑着说："打道回府！"我才意识到空中已经是艳阳高照了。回到家中吃了早饭，便坐到书桌前摊开本子写道："夏天到了，荷花开了，今天我跟爸爸妈妈到包河公园看荷花……"直到数着格子写够了字数，今天的任务才算完成了。

暑假每周最期待的便是周六上午，父亲会带着我到安徽省著名京剧老生表演艺术家薛浩伟先生家里学戏。薛先生家住在宣城路安徽省艺校对面的大院里，小区门口是一家名叫贾三的包子铺，每天早上挤满了买早点的人们，灶上的蒸汽从清晨包子铺开张一直冒到中午打烊。穿过包子铺的蒸汽进入小区，拐个弯便能听到老师家里的京胡已经拉起来了。薛浩伟先生是北京人，出身于梨园世家，20 世纪 60 年代来到安徽省京剧院工作，退休后致力于在安徽传承和发扬京剧艺术，无偿地为戏迷票友授课。我六岁跟薛老学戏，当时他已是古稀之年，但老人家精神矍铄，走路仿佛都能带起风来。我每周六上午去上课，他总是会亲自开门迎客。坐定后先让我对着墙喊一会嗓，然后再拉开京胡为我伴奏两段回课，复习上次学的内容。有时候薛老拉琴拉得累了，就把京胡让给父亲拉，他坐在大藤椅中，两只胳膊自然地放在藤椅的圈背上打着节拍，闭着眼睛担着腿。在我唱错的时候，他会立刻睁开眼睛示意父亲暂停，耐心地给我纠正唱腔和咬字。课间休息的时候，薛老会说一些梨园掌故和自己对音韵学最新的研究成果，这时候在座的师兄弟们都会惊讶这么一个消瘦的老人家，脑子里却仿佛装了一个图书馆，说话时引经据典略无阙处，时至今日，当年那样坐而闻道的场景，仍然历历在目。中午在离开薛老家的时候，他总是恪守着从老北京带来的最讲究的礼仪——送客出门，目送告别，他的这些礼仪从不因为我们是孩子而有所怠慢。当离开小区再次穿过贾三包子铺的蒸汽，带走的是满足与快乐。

来到中学，暑假再也不会为了写一篇作文而起个大早去看荷花。那时还没有智能手机，电脑网络还不是非常普及，暑假中学生的避暑胜地便是空调全天开放的安徽省图书馆。安徽省图书馆位于包河区芜湖路上，匾额是由著名书法家赵朴初先生题作，图书馆里的大广场上有一座四五米高的钥匙雕塑，寓意着知识是了解世界的钥匙。安徽省图书馆早上 8 点半开门，早在开门前就有一批读者在门口等着了，其中大多数都是前来读书避暑的学生。大门一开，学生们立刻涌进大厅，“贪婪”地享受着空调的恩赐。阅览室分为四层，一层是服务大厅和书吧；二层是报纸杂志阅览室，里面多是一些老年人前来看报，所以二层也是最安静的一层；三层是社会科学与自然科学阅览室，时常能看到一些大学生带着纸笔前来边读书边做笔记，当时对于我们中学生来说，这一层的书大多数是看不懂的；四层是最“繁华”的小说阅览室，由于这一层人满为患，而阅览室里的座位数量又显得杯水车薪，大多数读者会选择直接挑一本自己喜欢的书，席地而坐阅读起来。在书架间的读者们或仰或俯，寻找着自己心仪的书籍，同时必须要小心自己的脚下，因为可能一不小心就会踩到坐在地上读书的读者！读者们拿到自己选中的书后，需要踮着脚，小心翼翼地踩在所剩无多的人与人之间的空隙里，嘴里小声说着："对不起，借过。"走出"读者阵"之后，飞快地找到一块属于自己的领地，就地坐下，便心满意足地读起书来。午饭我们大多数学生读者会选择在一楼的书吧买一桶泡面吃，然后再歪在沙发上睡一会，以备继续在书的海洋里遨游。下午 6 点的时候，图书馆的工作人员开始清场，在工作人员的催促下，读者们趁着合上书的最后一刻再瞄一眼书里的内容和页码，然后把书放回到它本来的地方，默默地记下位置之后离开，以便第二天在"抢书"大军中及早占据有利地形。那时的我们，图书馆能撑起一整个夏天。

四年离开合肥的大学生活，使我每次回到合肥之后都会仔细地端详这座城市。考上合肥工业大学的研究生后，我于 2016 年的夏天来到了包河区屯溪路 193 号。熟悉的地方，熟悉的夏天，包河公园的荷花仍然一年一度地盛开，也一年一度地被小学生们写进自己的作文；早晨沿着包河写字的老大爷，笔法还是那么遒劲有力；贾三包子铺如今改了名叫贾不假包子铺，生意做得很是红火，在全市已有了好几家分店，每天早上灶上的蒸汽还是冒得这么欢实；薛老今年已经九十三岁高龄，耳朵没有以前那么好使了，但说话仍旧中气十足，每次去看望他，临别时他依然会送客出门，目送告别；安徽省图书馆的电子书业务开拓之后，四层的小说阅览室不像以前那么人满为患了，而那座四五米高的钥匙雕塑依然在那里迎接着一批又一批读者……夏天就要过去，如果四季如歌，那我的夏天，吟唱的便是包河。

（本文获"我与老城故事"征文优秀奖）

位于包河公园旁的安徽省图书馆后墙（叶玉庭摄）

那年的诗意包河

丁迎新

一个偶然的机会，我在包河公园与一缕诗意相逢，温情从此开始。

那是 2000 年的时候，因所在企业破产而失业的我，在家待了大半年之后，得益于报社编辑的举荐，来到省城合肥一家报社从事行业专版采编工作。工作之辛苦劳累超出了我的预期，一是工作性质和内容的陌生；二是陌生的人、事和地方；三是身为外乡人也是失业者的自卑，种种原因结合，在压抑中奔忙，难有轻松和愉悦。

经常性地加班，实在烦闷，信手写了几篇诗文，抒发心中的不悦，发到当地的一个论坛上。没想到，竟引发了不少关注，特别是那些从不同角度的劝解和安慰，让疲惫不堪的我有了一丝慰藉。随之萌动的，是我对文学的追求。我学大家的样子，把作品发到论坛里，接受评点，大家相互指出不足，交流写作感受。在论坛上用的名字也是千奇百怪，大家素不相识，但格外地亲切，时间越久越像朋友。

由于心思转移到了文学和论坛上的缘故，我的苦脸像冰慢慢融化，对身边的人和事也不再隔膜，如同这个陌生的城市，同样也不再冷漠。工作的激情大增，效率大变，人也轻快起来，与同事的关系也逐渐水乳交融。我写的文章很快在《合肥晚报》上陆续发表，又赢得了大家的夸奖。

这时，论坛里发起一个聚会，地点在包河公园的浮庄，时间是周日下午五点，主题是畅谈文学。我有些犹豫。网络像一张大大的面具，遮蔽了所有人的真实，随便一个名号亮出来，你无法知道他是男是女是老是少。太多的网络欺诈新闻充斥着人们的眼睛和耳朵，似乎哪里都有陷阱，哪里都是随时准备张开的血盆大口。单靠文字建立起来的信任，能否经受现实的考验？

可我又太想知道他们分别是什么样的人，网络上的他们与现实中的他们是否一致，他们会像他们的文字一样温暖吗？我下了狠心，决定赴会。大男人一个，他们还能把我剁了卖了不成？就算失望，也是生活的体验。

我从东流路外经大厦附近的出租房出发，拐上美菱大道（现今叫徽州大道），按照早早查询得知的公交路线，向包河公园进发。我是第一次出来玩，也是第一次到包河公园，到达时已是霞光满城，包河公园里的水天一色，格外绚烂。看不清著名的由无丝藕而生的荷，顾不上参观廉泉和拜谒包公，直奔浮庄的凉亭。大家一个个热情地站起来，伸出热情的手，主动报上自己的网名，热茶在手，大家开聊。虽然都在合肥上班，但家乡各异，彼此间都不熟悉，我有点紧张，大多是倾听，听大家说，不时有人怕冷落了我，主动问我，把我拉入话题讨论。说到兴奋处，更会情不自禁地站起来咏诵，然后是大家的掌声。慢慢地，我一个个对上号了，人与文，也记住了他们的特征。

时间太快，似乎才开始，就月上中天了，月亮固然平添诗意，可大家来自这座城市的东西南北，公交车不等人，只得依依惜别，约定择时再会。

从那开始，我不再有意识地封闭自己，而是走出出租房，来到马路边，包河旁，信步游走，用我的目光细细触摸，感受城市新旧交替的脉搏与速度。原来，热闹也是诗意，陌生也有美感，人们用智慧和汗水创造的城市自有其独特的不同于乡野的魅力，此时此地的包河就是如此。

就在我准备仔细品味的时候，因为某种原因，我离开了合肥。人是离开了，却忘不了那年的包河，那年的诗意，那年的温暖。时隔多年再来时，包河已日新月异，可往昔的一幕仍然生动如初、鲜活如初。

（本文获“我与老城故事”征文优秀奖）

老城事，长相忆

黄小海

虽然现在工作以及生活都在滨湖新区，但包河老城区于我而言，并不陌生。因为一直生活在这座城市里，常常穿行在老城区的寻常巷陌，想起过去的一些经历，也颇有温度。

记得二十多年前在合肥上学的时候，考虑到毕业拿的只是中专学历，所以我和同学们在校期间就积极参加自学考试以提高学历。包河老城区的中小学校众多，自然是考点云集。每当考试前夜，我和同学们在紧张的备考之余，就是把寝室里的两张桌子拼起来，一张大大的市区地图铺陈开来，对照着准考证上的学校名称，一个个寻找，再规划好公交线路。这对于生活在当下，享受着资讯畅通、交通便利的“〇〇后”们是无法想象的。可惜“纸上得来终觉浅”，第二天的“在路上”自然会遇到各种没法预料的情况，公交有改线的、道路有不通的，那些中隐于市的小学校在地图上标注的位置也不可能精确，只有谨记“路在嘴边”的至理，不时向老城区的居民们问路。虽然大家各自有各自的事情，但看到我们这帮十六七岁的学生，还是停下来，为我们指路甚至热心地带路。于是我们沿着斑驳的墙根前进，在婆娑的树影中穿行，从人声鼎沸的集市中走过，踏着那些曲折蜿蜒的无名小路，感受着老城居民浓浓的生活气息，不知不觉中，寻不着学校的焦急情绪、对未知考试的忐忑心情，都化于无形，一切从容了。一会儿，或路转溪头，或蓦然回首，考点学校就在眼前了。

几年的自考生涯，基本上把包河老城区的中小学走了个遍，每次赴考更像是对老朋友的探访。探访之旅虽然事先都有预设，但中间总是有周折，最后的结果却也美妙，人生又何尝不是如此。那清晨弥漫着的雾气里夹杂着各式早点的香气，喧嚣的人群中是南腔北调的方言，又或是午后百无聊赖的蝉鸣，街角边一丛杂草中绽放着数朵不知名的鲜花，行走在老城，所感知的一切情景都融入了我的青春记忆。以后走过的路再宽阔再整洁，却难有那份心境了。

从学校毕业后很是迷茫，随便找了一份糊口的工作，和同事们群租在老城区的一栋二层小楼里，那楼下面的青砖上已印着浅浅的苔痕，人字形的屋顶上覆着层层瓦片，古朴而庄重。少不更事的我们经常在里面吵闹，惹得周边的四邻对我们怒目以视，甚至上门责备。一天我蹲在墙脚边看着闲书，一位老者走过来对我说："小伙子，'男儿屈穷心不穷，枯荣不等嗔天公'，要努力学习，不要辜负自己。"我当时沉默以对，但不久后还是辞掉了那份工作，收拾行装，再出发，直到现在。

现在想来，包河老城区犹如一位阅历丰富的老者，滨湖新区则像一位茁壮成长的少年。人群中总是有老有少，城市的城区自然也是有老有新。老不意味着老态龙钟，更不是老病缠身，老要有老的气度和风骨，必然是智慧地、健康地存在。城镇建设水平，不仅关系居民生活质量，而且也是城市生命力所在。我期待"老城复兴"，重新焕发勃勃生机，让所有在老城中经历过的人们都记得住那份"乡愁"。

（本文获"我与老城故事"征文优秀奖）

梦醒方觉老城新

秦晓丹

夏末秋初，独自一人痴痴地望着包河，迎面拂来温柔的晚风使我不一会儿倚在石凳上睡着了，做了一个关于“四季”的美梦：

春

春天的包河公园，放眼望去，丛生的草木青翠欲滴，含苞待放的各色花儿争先恐后地想要告诉众人“春”的来到。我的幼儿园就在包河边上，奶奶每天早上牵着我的小手把我送去幼儿园后，便和爷爷一起去晨练。而我看似端坐在课堂上，却“身在曹营心在汉”，小心思早就伴随着暖暖春风飞到了他们身边。于是就这么托着下巴一直期待着放学爷爷奶奶一起接我回家，途中我们还会在九狮桥那儿逗留一会儿。清楚地记得我在九个大狮子头矗立的水池边和小朋友们一起嬉戏，而他们则和周边的人们聊着天看夕阳。那时的楼房并不高耸，一眼便看得到太阳。包河的树与水一并拥抱快要西下的太阳，而我则依偎在奶奶怀中，久久不愿归家。

儿时的活动范围并不大，那时候没有大型游乐场、主题公园，和爷爷奶奶在包公园溜达便成了日常喜事。童年的大半时光都是在他们的呵护中度过，简单且快乐。而今，爷爷虽离开我们近十年，奶奶身体也欠佳，但我还会时不时地去包公园。眼前的景象不禁让我想起当年，回忆里充满着春天独有的香味，甜蜜且温馨，像极了“亲情”的味道。

夏

盛夏，耳边回荡着知了的鸣声，空气中则弥漫着属于夏天的肥皂水和雨后青草传来的清新香气。合肥的夏天暑气熏蒸，大伙儿傍晚都会搬着个小板凳、拿着个大芭蕉扇在枝繁叶茂的大树下纳凉，看着有线电视上放的《济公》。而我则和小伙伴们找两棵相对粗壮的大树，拴上皮筋跳高，跳累了我们就会跑去家门口的小卖部买根棒棒冰一同分享。儿时的友情便这样在游戏中建立。

2013 年的夏天，宁国路的“罍街”开业，人们听闻后纷纷而至，热闹非凡。“罍街”的喧嚣恰恰反映了合肥人热情好客的一面。以往的夜晚大家喜欢在大树下乘凉夜话，如今的罍街则是朋友们夜晚小聚的不二选择，灯火通明。现在的夜似乎比以往更加不像夜晚，友情还是更宜在夜晚发酵蔓延。

秋

“我们分手吧，合肥太小，我要去上海工作了。”站在芜湖路的街头，前任和我分道扬镳。好似这道路两旁法国梧桐华美金黄的叶子，风一吹便摇曳着身体，也在与树告别。空气里满是萧瑟而干冷的气息。前任告别了合肥，我告别了前任，树叶告别了树枝，唯独法国梧桐没有告别芜湖路。诗人笔下的秋天大多凄美，好似“爱情”，美好而又掺杂些许苦痛。

时光荏苒，一转眼大学毕业工作了。又是一个秋天，我走在昏黄路灯与汽车尾灯交相辉映的芜湖路上，聆听秋日私语。秋风咬着法国梧桐树叶的耳朵，好像在说：“老朋友啊，原来你还在这里。”

冬

合肥的冬天，在白雪的银装素裹下，格外动人。这座承载着无数人记忆的老城在经历了季节的变迁与时代的更迭后，正在孕育着“新的生命”。包河公园的“浮桥”早已变了模样，但是随着灯光亮化工程的完成，如今的包河更添了几分姿色；比起先前的家门口小片区域的活动范围，“罍街”的出现恰好满足了大家现代化生活节奏的需要；芜湖路两旁的建筑变了模样，不变的是道路两旁的法国梧桐，那影影绰绰斑驳的树影倒映着那段旧时光。

梦醒了，才意识到眼前的老城早已变成了新的模样：新的建筑赋予老城新的希望，新的环境褪去老城旧的衣裳，新的人口给老城注入新的活力。但是啊，如果你是个有心人，便会发现老城其实就在那儿，在我们心里最深的地方，那里承载了我们儿时的记忆与梦想。梦醒方觉老城新，但愿新城添新翼！

（本文获“我与老城故事”征文优秀奖）

中隐于市是一张老唱片

项　俐

给女儿拍照的那家儿童摄影机构，推出了一套“邂逅文艺街”拍摄主题。“文艺街”，莫不是中隐于市？一看样片，果然是嘛。那些记录着“城中村”历史的老旧红砖墙，和崭新亮眼的绿门窗；英伦风格的红色电话亭，和地中海蓝为主调的壁画；个性鲜明的摆设、雕刻，薰衣草、鼠尾草组成的花境……悠长的巷子，斑斓的色彩，每一处，都成绝佳摄影背景墙。

这是合肥老城区随处可见的一条老街巷，它的原名是曙光北路。秋冬时节，阳光从一排法国梧桐上洒落下来，投下斜斜的光影。树叶将落未落，呈现出由绿到黄、由橘到褐的丰富色彩，远远看去，像树上燃烧着温柔的火焰。曾经多少次经过这条老街巷，去屯溪路小学采访。那时，学校斜对面是一家挨一家的废品回收店，店门口堆着落满灰尘的啤酒瓶和各种杂物。上学放学时段，道路拥堵难行，车鸣人喧不绝于耳，每个人都心急火燎，只想着快点离开。而今天，路过的人们都有意无意地希望在这条文艺街区多停留一会儿，这种变化，真可谓脱胎换骨。

在这条老街巷里，主题鲜明的酒吧、客栈、书店，风味各异的面包房、比萨店、西餐厅、糖果店，别具一格的花房、香水店、饰品店、刺青店、皮革设计工作室……一家家文艺小店隐藏在万丈红尘中，古典文化与现代风情融合得浑然天成，传统元素与异域情调奇异地和谐共生。在各种艺术风格的对撞交融中，散发着一种难以言说的城市怀旧味道。这些小店并不是平铺直叙地排列在街边，而是手牵着手随意藏在一条条支巷内，要你去细细探寻。

在一个阳光正好的中午，走进中隐于市，许多店铺还没到营业时间，店门安静但并不冷漠地关闭着。店主常会在门上留下些俏皮幽默的言语，诸如“正常开门 13 点，睡过头了 15 点”之类，透着些随意而亲密的味道，引得你发笑。不期然间推开一家叫作“疏密院”的店铺，竟如走进一处溶洞，白色墙壁打磨出凹凸粗糙的岩石质感，间或绘有土地爷、财神、年年有余之类中国风图案，一盏鹿角吊灯悬挂屋顶，连门都做成山洞的形状。原来是家陶吧，满眼的工艺品，陶瓷的杯盏玩偶饰品，手绘的玻璃瓶罐，精致粗犷皆有之，还可以手工制陶。架子上摆着顾客已经做好的陶坯，正等待着一把炉火的煅烧。除了“疏密院”，这里还有“半朵悠莲”“楼台会”“平方里”“龄老九”……一家家创意小铺，都有隽永却意味不明的名字，吸引你走近，走进，流连忘返。

中隐于市，就像一张装满时代记忆的老唱片，你也许知道它的曲目，却不知道会遇见怎样的惊喜。在怀旧的咏唱中，许多碎片在脑海中一闪而过，一曲终了，仿佛记起了许多往事，又好像什么都没有想起。索性丢开时间，放空自己，只剩下内心的安宁。就像那家摄影机构的宣传语：在这里，时间停滞，烦恼停滞，世界停滞。只有浓得化不开的文艺气息，在老城巷道里流淌。

（本文获“我与老城故事”征文优秀奖）

中隐于市夜景（李文琦摄）

我与老城的故事

吴燕凌

在看到《我与老城的故事》这个题目时，思绪就不由得逆着时光长河飘向了那个遥远的童年记忆。那里有着我与老城的故事，也有着一波来自童年记忆的珍藏和感动。

老城在岁月的洗礼中，无论是一砖一瓦、一花一草、一个街道、一间铺子，或者是铺子里的那个人都是某个瞬间的感动，都被赋予了情感，充满着故事。光阴只是迟缓了 TA 的脚步，却增加着 TA 的厚度和温度。

我是一名八〇后，儿时的我住在合肥的南郊。即曾经的骆岗机场附近的一个小村庄。这里除了阡陌纵横的田野，还有着一群日出而作日落而息的村民。人们农忙时种田，农闲时骑上自行车上城里打零工。偶逢空闲，这些在城里打零工的人们，总会和我们这些孩子们说着城里的高楼大厦以及车水马龙的繁华。

于是我们这群夏天里光着脚丫满世界捉蜻蜓、钓龙虾，冬天冰面上滑冰、打雪仗的野孩子们对那里充满了向往。

可是进城并不容易，那时候交通不发达。除了那一头铁毛驴是父辈们的专属，剩下的就是坐公交和咱们的双腿“11 路车”了。

有一年，因为家里盖房子妈妈要到坝上街买菜招待工人，天没亮把我喊醒，让我坐在板车上就出发了。一路上我跟妈妈说说笑笑，走了三个小时才到坝上街。

一到那，我就蹦下了板车。已经记不起当时的大环境，只记得熙熙攘攘的人群，好多摆摊的菜贩。妈妈挑挑拣拣地买了好些东西，最让我开心的就是批了一箱大苹果和一些小零食。即便是后来板车上东西多，我只能跟着妈妈走回家，脚都起了泡，我也没说什么。因为那个时候，能有零食吃是多么开心的事啊。从那以后老城给我的印象就是热闹的人群，满满的吃食。

所以后来只要爸妈进城办事，我总是会赖着跟上。还记得有一年的夏天，爸爸想给家里添置一台电风扇。我死乞白赖地跟着爸爸进了城，坐在当年的 27 路公交车上，看着往后飞驰而去的树木和渐渐出现在车窗外的楼房，心想又进城了，爸爸肯定会给我买点好吃的带回来吧，一边想着一边暗暗窃喜呢。

没想到爸爸根本不懂孩子的心，视而不见各种吃食和衣物玩具，直奔百货大楼卖电器的地方，扛着一台扬子牌的落地扇就往回赶了。我那个不愿意呀，当年四牌楼是老城最繁华的中心，沿街有着一排铺面，有卖衣服的，有卖小吃的，最诱惑我的就是一间小卖部摆在外面的冰柜。哇，还有奶油冰棒！瞬间被馋虫勾走的我，顾不得跟着爸爸的脚步就噔噔地跑了过去，痴痴地看着。

不知道过了多久，小卖部的老大爷就问：“哎，小丫头，你家大人呢?”他一问，我才发现爸爸不见了。那个时候，不像现在人人都有手机，还让孩子背手机号码。没有爸爸的联系方法，六七岁的我又不知道回家的路。一下子就慌了，一边哭一边跑着去找爸爸。

这时，老大爷一把拉住我说：“小丫头，你别乱跑，一会你家大人真找不到你了。你就在我这边吃冰棒边等等看。”说话间老大爷真的从冰柜里拿出一支冰棒笑呵呵地递给我。果真，没一会爸爸就慌里慌张地找了过来，大爷还把爸爸好一通说。爸爸千恩万谢后就把我领回了家。妈妈知道后说：“幸好你遇到了好人。”

是啊，在这个老城的一隅，我遇到了一位好心的大爷，也让我记住了那一天，那个角落，那位大爷。之后任凭记忆在脑海里累积着、遗忘着，我都不曾忘掉那位拿着冰棒笑呵呵递给我的大爷。

后来，岁月带走了童年，也夺走了妈妈。渐渐长大的我，已经不知道多少次穿梭于老城的街区，虽然早已不见了老人和小铺的身影，坝上街也不再是农贸市场。但每每路过，我还是会驻足观望，从心底涌出一股暖流。因为那里不仅有岁月赋予老城的变化，也有着我对老城独特的情感，一位笑呵呵给我冰棒的热心大爷，还有着关于我与母亲的点滴记忆。

无论时代怎么发展，老城前进的步伐是快是慢，他都是一代人的成长和记忆，裹挟着青春的印记，成为最美好的珍藏。老城参与了多少人的成长，就有多少个故事。每一个故事的感动都将会被传承着，延续着，成为老城的灵魂。

（本文获“我与老城故事”征文优秀奖）

我和老城一起成长

董　杰

我家的门前有一块地，生满了草芽，风吹过，氤氲出一片盎然春色。

最初这里的楼与楼之间是并肩而立着，如果从空中鸟瞰，间或还夹杂着大大小小的土色小山，和低矮的平房。车也不是那么多，每日上下学背着书包，自己一人通过斑马线，小小的人儿也能安全迅速地回家。但在路上，总有那么些个吸引眼球的玩意勾着人驻足不前，或是白胖的蚕宝宝，或是香喷喷的炸串，抑或是稀奇古怪的玩具。大家挤在不算宽敞的人行道上，便再也散不开，周围也没有第二条路可以走，只能吆喝着推搡着打开一条道路。

依稀记得家后面是一个军事单位，每天清晨准时响起起床号角，之后便是军人们整齐的踏步声和口令声，他们的声音就是我的闹钟。每逢周末他们会排队出行，一个个脸上或笑或严肃，从小区里穿过，我看过好多次，也悄悄跟在后面行进过一段，看着他们的背影总觉得很安全，在心里对军人有了最初的印象，模糊却很美好。

门前的地里种下了一株栀子树，外公带来的。小小的苗带着几片稀疏的叶，倔强地立在那，夏雨打过，越发茁壮。

楼与楼之间不再并肩，那水泥筑成的钢铁森林像是互相攀比似的一个比一个高，土色小山变成了花园人工湖，平房被重建成繁华的商场。这里突然变得拥挤起来，车来车往，大人们不再放心孩子独自外出，手紧紧牵着，生怕这些会动的铁盒子突然失控。小玩意们也少了许多，孩子们的视线不再被它们吸引，家里的电脑成了最重要的伙伴。

那个军事单位突然之间就消失了，不再有熟悉的号角声，周末也没了他们的身影，我懵懂觉得我好像失去了我的闹钟，内心郁闷了很久。在那块的土地上，建起了一个小区，有更多的人住在里面，但我记忆里仍记着那个军事单位，那是一种离开，一种消亡，但在别人眼里这是一种新生。

那棵栀子树长得很快，超了我一个头，枝丫横伸、终年青翠，第一阵秋风吹来时，最后一朵花也败了，只剩满树绿叶似乎还有余香。

临行前一天，我带着好奇的眼光，绕着这片伴我长大的土地转了一圈，这里大多数的路和建筑已经变了模样。图书城换了新装，灯光温暖，格局精致，阅读累了还有咖啡厅可以休息小坐。临近二环路的罍街，小吃、饭店、电影院一应俱全，这里成了包河区标志性的地点之一。回家时依旧走了那条曾经常走的路，却被高高立起的铁皮墙拦住，这才想起马鞍山路正在修地铁，盯着这条已经陌生的路，突然有一丝惶恐，待我下次回来，是否还能找到一点记忆里的样子。

学校在北方，下了一场大雪后，火车将我带回了合肥，早晨六点多的合肥还是一片漆黑，走出火车站，寒风让我紧了紧衣领，到家时，那棵栀子树带着满目的绿俏立在风中，不倒不晃，身姿挺拔。

第一次体验了家乡的地铁，每一站都是大写整齐的站名，工作人员脸上带笑，亲切地回答着来询问的每一个人。地下的交通迅速，地面的交通更是发达，新生了许多条路口，增添了更多的车辆，到了上下班高峰期，宽阔的马路都被占领。

整个寒假我都用来熟悉老城的变化，慢慢摸索地铁路线，希望自己不会迷失在这里。

三年过去了，栀子树变得枝繁叶茂，家人摘下的细枝也生出了第二棵树来，在这个夏天开出了细小的白花，带着甜香和晶莹的露水。

骑共享单车去万达购物，跑去罍街吃小吃，不论白天还是夜晚，都有一个地方能让人愿意待上一整天，购物娱乐饮食一体化的商贸楼出现在这个城区的大街小巷，让人能体验到飞速发展下的崭新包河。

有人说，街巷是一座城市的骨骼，众多街巷组合起来，就构成了一座城市。这座城市的历史文化、人文风俗等，都在一条条街巷中体现出来。看似普通寻常，却承载了一段段有趣深沉的历史。我却觉得如果街巷是骨骼，那这些城区便是重要的脏器，要一直保持活力满满生机勃勃的样子，才可以维持一个城市更好发展。

老城的变化虽然给了我很多陌生感，但同样给了我很多的惊喜，就像一棵树，在生长的过程中，总会有分杈、出虫的阶段，看起来似乎成长得很好，实际上需要修枝、除虫才能更健康。

这些年，合肥在飞速发展，老城区的拆迁改造规划一个接着一个，一栋栋高楼拔地而起，一片片城区焕然一新，城区的变化日新月异。拆掉的是破旧的砖石瓦砾，带不走的是那些刻在心里的记忆。

（本文获“我与老城故事”征文优秀奖）

我为包河来歌唱

江志伟

一提起“我与合肥包河老城的故事”，我霎时就会追忆起那次“我为包河来歌唱”的创作轶事来，于是，便倍感温馨与惬意。

那是1993年春天的事儿，当时接到有关部门的征歌启事的通知：希望积极参与正在举办的全省第四届《华夏之声》新歌创作评奖活动，歌唱省会合肥，歌唱安徽故乡，歌唱华夏神州。

接到通知后，我就进入了酝酿、构思阶段。一开始我的想法就是：尽量避开宏观的、全景式的歌唱安徽的一般性构思，就选取安徽的核心——省会合肥作为讴歌对象；而在合肥这个讴歌对象中，就选取最富诗情画意美的包河老城，小处着手，深入挖掘，抓住特色，大处升华。

为此，我首先想到的包河歌词的选材，就是当时荣获全国殊荣的包河绿化带。如何在这一特色上加以讴歌，为其鼓与呼，于是，我将创作的灵感，聚焦到包河公园上，捕捉绿色的诗情；又将歌词取景的画面美化，营造出“红领巾”为合肥“栽绿树”的斑斓画意。于是一首题为《我为包河栽棵树》的歌词，就这样出现在我的稿纸上——

吹动我们红领巾的春风，
是环城公园派来的使者；
风中立起一排排的树苗，
是合肥少年献上的春歌。
啊包河，可爱的家乡，
虽然我们还不能
为您的今天立起高楼大厦，
就让我们为您的明天
栽下小树一棵。
啦啦啦啦……
我为包河栽棵树栽棵树，
绿色的合肥绿色的希望永不褪色。

吹动我们红领巾的春风，
是环城公园派来的使者；
风中立起一排排的树苗，
是合肥少年献上的春歌。
啊包河，可爱的家乡，
今天我们在这里
为您的树苗浇上淝河水一瓢，
那是我们为您的明天
高举金杯祝贺。
啦啦啦啦……
我为包河栽棵树栽棵树，
腾飞的合肥腾飞的憧憬永葆春色。

这首歌词的寓意在于：今天是包河的“红领巾”在为故乡栽树，但同时也是包河在为明天孕育栽培参天大树，国家栋梁。这首歌词的谱曲率相当高，最后还是省音乐家协会的驻会作曲家谢林义先生的谱曲脱颖而出，在第四届《华夏之声》新歌创作大赛中荣获创作二等奖。同时，这首歌曲的演唱度也非常高，好几所中小学的学生都进行了演唱。想想当年那些演唱歌曲的“红领巾”们，25 年后的今天，他们一个个不正是青春勃发正当年的合肥、包河建设事业的栋梁之材吗？

记得那次为包河写歌词，我一共创作了三首，除了《我为包河栽棵树》之外，我还创作了女声独唱《月光下的逍遥津》和男声独唱《你看你看包河的藕》。其中《月光下的逍遥津》歌词如下：

月光下的逍遥津，
亭台楼阁都披上银色的纱巾，
张辽塑像前是谁轻轻在读，
把几页三国故事读得那么抒情。
啊，让那故事变成生活的佐料，
为着今夜的月色更美花香更浓。

月光下的逍遥津，
花径石凳都醉着情侣的爱情，
每枝柳梢头都在垂钓蜜语，
把缕缕逍遥之歌唱得那么动听。
啊，把那歌声献给年轻的城市，
为着明天的步伐更劲太阳更新。

《你看你看包河的藕》歌词如下：

常在包河岸边走，
藕香阵阵荡心头。
包公祠的故事不断，
香花墩的书声依旧。
藕断丝连丝何去？
你问你问包河的藕。

包河藕断独无丝，
廉泉水清贯千秋。
庐州城的藕根不断，
包青天的铁面依旧。
天下为公真理在，
你看你看包河的藕。

这两首歌词，一首力求唯美、意境与轻快，一首则追求清新、隽永与活泼，也都受到了人们的欢迎。如此，三首合肥包河歌词，分别讴歌了“绿色合肥包河”“逍遥合肥包河”“清廉合肥包河”以及“合肥、包河人”。25年之后再来读它们，却发现岁月易老，但歌词却不老，就像“老城复兴”但“老城故事”却倍加珍贵那样，依然有些许感动的涟漪泛起，并在心田里荡漾开去……

（本文获“我与老城故事”征文优秀奖）

清风阁（张大岗摄）

一座连接城乡的影院

章光信

看电影，对今天的人来讲，实在是稀松平常，轻而易举的事，但在20世纪80年代，绝非易事，也相当稀罕。

1985年，我被分配到合肥南郊的一所中学工作，说是市属学校，其实就是所地地道道的农村学校，学生绝大多数是农家子弟。学校濒临巢湖，远离市区，交通不便，只有一路27路公交班车往来于城乡之间成为我们进入市区的唯一交通工具。虽然条件艰苦，但由于是市属学校，很多活动都要与市区学校接轨。

大概在1988年，电影《红高粱》火得不行，张艺谋、巩俐的名字，几乎在一夜之间，红透大江南北。人们争相挤进电影院，想先睹为快。那时的教育环境较为宽松，中学生的课业负担远没有现在这般沉重，人们对高考的关注度也很一般。因此，教育主管部门总会千方百计地开展些活动，一来活跃校园气氛，二来提高学生素养。记得《红高粱》电影在市区各大影院如火如荼地上映时，市教育局专门发文，准备在全市中学生中开展一次以“红高粱”为主题的征文比赛，分初高中组进行。接到通知，我又喜又忧：喜的是，终于可以让我的学生“吃”上一顿饕餮盛宴了；忧的是，到哪里去看这场电影？我所在的小镇还没有一家影院。思来想去，决定带全班学生到距离学校最近的城南影院，就在今天包河区望江路与徽州大道交叉口偏东的位置。

一个周日的下午，我领着他们在学校附近的站点乘车，兴高采烈地向目的地奔去。甫一到达，便是买票、检票、进院，忙得不亦乐乎。也许是孩子们与电影相违已久，也许是电影的情节过于精彩，也许是带着比赛的任务而来，反正孩子们看得特别专注。偌大的影院，鸦雀无声，我在为自己的“杰作”而得意。只是，这种得意太短暂了，接下来的现实问题无情地摆在我的面前。走出影院，已是暮色沉沉，27 路公交车已停运，怎么办？我在问孩子们，也是在问自己。不知是哪位男生响亮地说了一句“走回去!”好主意，看来只能如此。于是我们一行 50 人，沿着绵长的合巢路，吹着习习晚风，浩浩荡荡地向南走去。一路上，大家有说有笑，还时不时唱着歌，热议着电影里的情节，完全忘了辘辘饥肠，忘了长距离行走可能带来的不适，更忘了可能出现的种种意外，不知不觉中，20 多里地的路程，靠着他们青春的激情和无畏的勇气，干净利索地“丈量”完了。30 年过去了，每每回想起来，还是那般的自豪与温馨!

由于有身临其境的感受，本次征文收获颇丰：两个二等奖，四个三等奖，若干鼓励奖。这对生活在城区的孩子真的不算什么，但对农家的孩子而言，知足了！比赛大大增强了孩子们的信心，一时间，校园里掀起一波又一波写作的浪潮，“城外花”文学社应运而生，《热土》诗篇荣获“全球华人中学生诗歌大赛二等奖”。

城南影院，一个历史的符号，随着时代的变迁，也早已淡出了人们的视线，但不可否认，在当时那个贫乏的年代功不可没。这样一座连接城乡的影院，它给周边的人们，带来了多少难得的见识，带去了多少难言的欢乐！

城南影院，一道记忆的风景，一朵不凋的影花！

（本文获“我与老城故事”征文优秀奖）

一爿店 一棵树

陶余来

重访“枇杷山庄”的路上，单徽州大道两边就频见“椰子树主题酒店”“青皮树酒店”……但那都是“虚拟”。只有到了合肥市青弋江路与桐城南路交叉口东北，青弋江路上，门朝南，你才能真的领略到一棵树与一爿小店的相濡以沫、相依为命。

路边的围墙是小瓦砌就的徽派风格，“枇杷山庄”的牌匾高悬。落款“鲁艺”，显系名家书法。仅此元素，已与路对面的“谊品超市”“风客网咖”等现代都市的喧嚣构成了强烈反差。

甫一入门，见一照壁。两侧是两株桂树以及一株五针松、一株白兰花。那白兰虽过了盛花期，可还顽强残留着几朵点缀枝头。这是小朵型的那种，过去城里早上经常有人在路边叫卖，三两朵地用别针别着，让爱美的女性买去挂胸前的。

过照壁西，往北，陡然便见着一棵高大的枇杷树，树荫差不多覆盖了整个小院。

这是使人震撼的那种视觉冲击，让人瞬间仿佛置身深山老林之中。你的视线一时间会被这棵枇杷树给全部吸引。直到深呼吸了几口气后，你才会发现，树下是一方石头圆桌和几个石凳，桌上还散放着一摞扑克牌——一定是有顾客方才“掼蛋”结束离去。

枇杷树的西边，还有一棵樱桃树。它与枇杷树一样，有成年人小腿般粗细。而更特别的是，树身的下半部长满了树瘤子。单凭这，就足证其资历不让那棵枇杷。它之所以没能成为小院主角，应该是受了站位的拖累：它立于小院最西边，紧依着题有“枇杷厅”包厢号的房子的墙根，力气全用在深耕“枇杷厅”的屋顶了。

再一细瞅，枇杷树的东北，紧挨着围墙边，还有一棵胳膊粗细的柿子树。也许是为了凸显枇杷树的主角风范，她“吭哧吭哧”地努力将枝叶伸向了围墙外。

一个好汉三个帮，独木不成林。彼此的宽容体谅固化了角色分工，也成就了一片和谐共荣。

眼福既饱，才得以腾出精力照顾听觉。哗啦啦的水声突然引起我的注意。原来，枇杷树的南边还有一方水池。几块太湖石围在一起，便有了山高万仞的象征意境。水便是从那石头的顶端哗哗流下，如瀑布一般。“哗啦，哗啦”，池中还不时发出更大的声响——几条硕大的革胡子鲶鱼就着“瀑布”溅起的水花在池水中撒欢。鲶鱼的身边还静卧着一只老龟。有枇杷树的浓荫遮蔽，水池便多了一份难得的夏日清凉。鱼翔浅底，动静相宜，宛如柳宗元笔下的《小石潭记》。

几年前第一次来“枇杷山庄”时，正值枇杷成熟时节，女店家手持长竿打落枇杷，客人的桌上便都有了一小盘橙黄的枇杷鲜果。饭前食用，颇多了都市里分享乡野收获的情趣，也远不像合肥许多饭店餐后上果盘那般无意中失了讲究。

但那次来时天已向晚，一行人又多不能免俗，一进包厢就“掼蛋”。饭后离开，也没顾得上好好品味山庄的小院，生怕被讥为“酸不溜唧”。

此次孤身重访，已是端午过后十多日，不免有“枇杷才乘东风去，此院空余叶满树”的淡淡遗憾。但发现了樱桃树、柿子树，还是顿生了“待到重阳日，还来就菊花”的希冀。

“枇杷山庄”与青弋江路衔接的山门台阶，总共也就那么三四级，但脚一踏上，便似“身登青云梯”，超然物外，离了凡俗。日本有“枯山水”艺术，中国有戏台联：“一两人当作千军万马，三五步走遍海角天涯。”心有多大，舞台就有多大。

重新置身青弋江路上，恍惚那不是路，而是一条浩荡的青弋江。不禁想起前年游浙江丽水“古堰画乡”，瓯江古渡边，那漫天的古樟树……

比人更耐久的是建筑，比建筑更长寿的是古树。“枇杷山庄”两层徽派小楼，因为一棵枇杷树，便风味别具了。

（本文获“我与老城故事”征文优秀奖）

情满包河

侯文伯

我曾在人事系统工作，住在徽州路 96 号。北离四牌楼一箭之地，南靠包河公园。我在包河恋爱生子，取名徽洲。我在包河工作了十多年，现在一提到包河，心情总是温馨的，美好的记忆也油然而生。

很多年前，省委组织部选调一批大学生作为后备干部下派基层锻炼，省人事局也选调十多个年轻干部，我是其中之一。当时政治上要求严格，工作上压担子。老同志言传身教，指导做事，更注重教育如何做人，这为我们后来的工作打下良好的基础。之后，这十多人大都成长为处、厅级干部，没有一个出问题的。因此，包河是我起步成长的地方，是我的第二故乡，又是感恩之地。

我常去的地方是包河公园，也是我恋爱的地方。两人手牵着手徜徉在河边小道上，憧憬着美好的人生。我更喜欢小雨中的包河，站在包公祠的桥上，左右望去，让人赏心悦目。“莲叶接天无穷碧，映日荷花别样红”的诗句跳出脑海，你看那荷叶上的水珠，晶莹剔透，在莲叶上跳舞；微风中的莲叶，像逶迤的山峦，微微对峙；莲荷颤颤悠悠，如海浪涌动；时而像轻柔的淡云，轻轻飘逸；雅致的荷花，亭亭玉立。往后去合肥开会或老同志聚会，总想留点时间，到包河转一圈，努力找回往日的记忆。看见河边的条石，想起当年和恋人坐过的地方，看见那弯弯的垂柳，想起和朋友散步的地方。退休后，再去看包河的荷花，没有了波澜壮阔的人生感悟，多了从容和淡定，有种别样的感受。再去看包河的莲花，有种新的意境。那白色的莲花，冰清玉洁，像是包公清正廉洁、无私的人格；你看那黄色的莲花，像是包公的刚正不阿为民担当的庄重品质；那红色的莲花，像是包公敢于和邪恶斗争的一颗红心。包河为什么吸引人，说到底，就是一个“清”字。

1968 年，父亲不放心，来合肥看我。他让我领他去包公祠，让我给包公像烧香磕头。当天晚上，在包河的家中对我说：“这才过几天好日子，又打又闹？历朝历代都是让年轻人往前冲，你不要当这样的‘英雄’，有时间多看几本好书。忠厚传家远，你以后要想走得长远，不是你的钱，一分都不能占。”这就是包河给我的家训。我做到了，也正在传给我的子女。

包河老城旧了，老城老了。长江路已失去往日的芳容，连接省政府南门和省委西门的红星路，几十年没多大变化。社会发展，经济、文明是两翼，包河有省图书馆、包河公园和现代文化设施，文化底蕴较好，给百姓带来获得感和精神浸润，孕育出包河的宽容、大气和文明的社会风气。

包河是我的第二故乡，期待明天更美好！

（本文获“我与老城故事”征文优秀奖）

包公像（叶玉庭摄）

百年省图，风声雨声读书声

安　娜

位于芜湖路上的安徽省图书馆，1962 年搬迁至此，如今，已成为芜湖路上的一道风景。其建筑风格凸显民族特色，斗拱飞檐，古朴典雅。半个世纪以来，在省图书馆内部环境与设施日益改善的背后，还有与之一起变化的不同年代的读者经历。

从藏书楼到现代图书馆

1913 年 2 月 10 日，安徽省立图书馆在安庆正式开馆，馆址由存古学堂的校舍改造，以藏书楼和各学堂衙门的典籍为基础馆藏，之后又因为战乱，省立图书馆几度迁移。

抗战胜利后，安徽省立图书馆迁往合肥，初期暂住的地方是合肥县立民众教育馆的一部分房屋，图书全部装箱堆存在不远的一座尼姑庵内，一直到租赁高氏宗祠及其别墅全部房屋作为馆舍时，才开始开箱整理图书，开放阅览。新中国成立后，1953 年 4 月，在原皖北区合肥图书馆的基础上正式建立安徽省图书馆，馆址在合肥逍遥津公园西侧。

1958年，位于包河公园西侧的省图书馆主楼开始立项，1962年12月迁入，建筑面积达6345平方米。1981年，又建成了七层书库大楼，建筑面积增至1.39万平方米。1998年10月，在原址上进行了大规模的扩建。2001年10月，2.3万平方米的新馆扩建工程竣工。现在，省图书馆总建筑面积已经达到了3.69万平方米。

作为20世纪50年代的建筑产物，位于芜湖路上的省图书馆具有明显的时代特征，主楼屋顶采用官式牌坊的收顶形式，即琉璃瓦歇山仿古屋顶。为使新老馆风格保持一致，后来扩建的东楼和西楼同样采用了琉璃瓦歇山仿古屋顶。

在主楼内，由安徽历史文化名人和多位院士的砖雕人物像组成的古色古香的“名人长廊”，这不仅是省图书馆内的徽文化特色，而且这种将地方人文特色融入图书馆的建筑在全国尚属首例。馆藏文献中，最具特色的是大量皖籍先贤著述和安徽省各个历史时期的地方志、谱牒等地方文献。安徽省图书馆在办馆历程中，收集了大量珍贵的历史文化典籍，尤其在徽州文献收藏方面更是独树一帜，形成了具有浓厚地域文化的藏书特色。

从需要工作证，到人人皆可办证

“省图书馆开架借阅前，书架上下都是玻璃，中间留一条缝，我想借哪一本书，就用手指从中间缝隙处将书捣过去。”安徽省图书馆的一位老读者告诉我，在20世纪90年代时，书是这样借阅的。

现在，去省图书馆借书，只需要从书架上取下自己想要的书籍，拿着图书卡在管理员那里的机器上刷一下，半分钟之内便完成了借阅过程。

这种变化，耐人寻味。

安徽省图书馆副馆长阚华，自1979年来到省图书馆工作，她笑说："我在这里工作了30多个年头，对于读者的变化，还是很了解的。"

她说，20世纪80年代时，出现过排队办借书证的场面，早晨7点多钟还没开馆，办证的队伍就已经从主楼一楼排到了现在的芜湖路大门外。原因很简单，当时不像现在一年365天都可以办证，而是一年之中只会安排一两个月时间为读者办证，过了这个时间段，任你多么想去借书，都没有办法实现。1984年，阚华任职阅览部主任，她打破了办证时间的限制，开始让省图书馆常年为读者提供办证服务。

"这么多年来，其实还是现在来图书馆的人最多。80年代排队进阅览室的场面，是因为那时候场地小，只有排队。现在面积大了，环境变好了，读者人数也达到了最高。其中只有在20世纪90年代时，随着改革开放，人们都忙着下海忙着做生意，图书馆的读者数量才急剧减少。现在下海的人也多，但是也不忘进图书馆。"

而借阅的便利是随着社会发展而实现的。阚华说，在20世纪80年代时，来省图书馆办借书证是需要带着工作证或者介绍信的，所以待业青年是没有办法走进图书馆的，中小学生也是不可能的。1992年以后，待业青年才可以进省图书馆，直到2003年，省图书馆才对中小学生完全开放。而今天，只要拿着身份证件和一百元押金，任何人都可以在十分钟之内办好一张图书证，肆意畅游书的海洋。

繁华中的隐逸

初冬的叶子

孩子终于放暑假了，从繁重的功课中解放出来，一家人都有“翻身农奴把歌唱”的快感和欲望。于是，虽然家庭银根紧缩，我们还是一致同意找个地方庆祝一下。“去中隐于市吧，很有味道的地方！”我用带着点神秘的口气诱惑着没有去过中隐于市的女儿，就这样定下了方向。

一进曙光路口，周边的光景就透出不同。家家装饰过的小店门脸像约好似的，刻意从粗枝大叶或艳俗粗鄙的风格里摆脱出来，颇费匠心地弄出些清新别致的文艺范儿，让人不由得开始酝酿着从被忙碌的生活挤到爪哇国的小资情调中来。远远地望到“中隐于市”的硕大标牌，从高低错落的民房中露出脸来，对隐藏在它背后的那个街区做了个“欲盖弥彰”的说明。老公不由掉起书袋，语焉不详地吟道：“古人云，大隐于朝、中隐于市、小隐于野……”看来他已完成了准备工作。

已是傍晚，天色渐暗，我们借着点余晖在街区里徜徉，看着各种新奇的小摆件、墙上的涂鸦、门边挂着的让人捧腹的个性贴，女儿或好奇探寻或会心大笑，好不快活。上灯时分，我们终于选中一家看起来不错的餐厅：春树下。这家餐厅我和朋友来过，好吃不贵，环境优雅，菜肴中西兼顾，让人颇觉舒适。等餐的空儿，女儿却问了个让我意想不到的问题："春树下，哪有树呢？"我不由莞尔一笑，"人家就是想起个好听浪漫的名字呗，非得有树呀！"老公是个喜欢寻根究底的人，执意把经理找来拐弯抹角地提出了这个问题。我心里替这两个人害臊，懒得说话，不料经理却很郑重地介绍："这后面院里有一棵椿树，原来名字叫'椿树下的院子'，后来嫌长，就改成了现在这个名字。"话音刚落，女儿就跑了出去，果然在我们从窗口一眼看不到的地方，藏着一棵枝繁叶茂、高过房顶的大椿树！它枝干舒展、浓荫蔽日，给在这酷夏中寻找闲适的小资食客，营造出温馨惬意的空间，让人禁不住要感谢起造化的恩宠来！

回家路上，我向女儿介绍了这个街区的前世今生。原来没改造前，这里是个城中村，就是城市发展中被丢下的地方，被捡拾废品的人占领，成了远近闻名的"破烂街"。有心人一番精心打造，成了今天的模样，让人感叹文化的神奇功力！

当我们在人世间行走，被熙熙攘攘的功利烦扰，有一天，我们会如此渴望一块虽不是净土，但能让我们的心灵暂时安放、忘却世俗的地方，这可能就是"中隐于市"的用意吧……

包河记忆：一渠春水赤阑桥

三杯茶

“我家曾住赤阑桥，邻里相过不寂寥。君若到时秋已半，西风门巷柳萧萧。”

在合肥，有一座为文人们津津乐道的赤阑桥，因南宋著名词人、音乐家姜夔在此有一段缠绵悱恻的情缘，因而散发出浓浓的文化味道。姜夔的一生行迹中，与合肥曾结下不解之缘，他将爱情留在了合肥，并对恋人终生不忘。

800多年前，合肥满城巷陌皆种杨柳，“秋风起，边城一片离索。马嘶渐远，人归甚处，戍楼吹角，情怀正恶。”远离繁华的小城却悄然温暖着姜夔的漂泊之心。在这里，姜夔结识了两位多才多艺的歌女，“大乔能拨春风，小乔妙移筝。”同是天涯沦落人，共同的命运让姜夔与这两位妙龄女子互生情愫，歌声、笑声更荡尽满心的疲惫。

世事离乱，一介布衣的姜夔不得不“长与行云共一舟，零落江南不自由”，为了生活而四处奔波。因而，他和她们的相逢似乎注定就是为了别离，但合肥也从此成了姜夔永远的眷念，在姜夔留下的80多首词作中，竟有20多首是与合肥相关的。这在中国文学史上都是不多见的。

显然，无论身在何处，无论相隔多远，姜夔早已将自己的精神归宿定格在了这个“杨柳夹道，依依可怜”的小城。

桐城南路与芜湖路的交叉口，还有一幅大型的诗词壁画“白石知音”，40 多米长的浮雕上雕刻着姜夔所作的诗词，还传神地塑造出女子抚琴和弹琵琶的动人画面。姜夔与红颜知己相聚甚欢，但与恋人几经聚散分离后，终未再见面。

“宜春苑外最长条，闲袅春风伴舞腰。正是玉人肠断处，一渠春水赤阑桥。”

或许桐城路上的确就有情缘的种子。晚唐时期，大词人温庭筠游历赤阑桥后，写下了这首《杨柳枝》，300 多年后，历史的一幕再次在白石道人身上上演。

经过岁月的漂洗，词人笔下的赤阑桥已不复可见。如今的赤阑桥是一座横跨银河的水泥桥，起初就叫桐城路桥，建于 1981 年 12 月，当时还是拱桥，后来加宽成了今天的规模。站在桥上，可一览桥两边的秀色全貌，桥下的流水荡漾，水岸曲折，岸边绿草如茵，一些光滑的团石散置在水畔，极像姜夔诗词中清冷的词意。桥之西，水面稍为迂阔，两边林木深秀，石径幽深，过往闲人于此自会得一份悠然。如果赶上夕阳西沉，暮色渐起，那份苍茫的意境仍会扣得住白石词中的一缕清寒。

尽管如今的桐城路早就不是南宋的风物，浪漫被雨打风吹去。但“柳色夹道，依依可怜”的旧时盛景，倒是被一家挨着一家热热闹闹开着的花店重新演绎了，各式各样的繁花姹紫嫣红地怒放着，香水百合的馥郁气息骄傲地漫溢出门外。浪漫的赤阑桥，再加上浪漫的花店，桐城路似乎注定要和情字结缘。流连在花的世界，幸福的感觉你想躲也躲不了。

而每当桥畔的木芙蓉盛开时，粉色的花瓣展露着妩媚的笑容，一派不谙炎凉的天真烂漫，就像在奔赴一场不计后果的爱情。

赤阑桥（叶玉庭摄）

淝河席井我的家

吴翠云

40 年，就这么一闪而过。

我，一个土生土长的淝河镇人。淝河路桥以西，是我常年居住的家，村名叫“席井”。关于席井的名字还有一个具有传奇色彩的故事呢！儿时听爷爷说，我们村原来住的大多都是席姓家族，他们善良淳朴，勇敢多智。在那个时候，生活条件很差，村民们都喝塘水，这也导致了各种疾病。这时，席姓家族为了让大家喝到干净卫生的水，就决定挖井取水。功夫不负有心人，在他们夜以继日的辛劳下，一口大井终于诞生了。这时，奇怪的事情发生了：一条祥龙飞过井的上空！据说从那以后，不管村里的人怎么用，井水都未曾干涸过，而且还清澈香甜。这口井就坐落在村西头，席姓家族说这井是“龙头”，“席井”就是由此而来。爷爷说后来，村里闹了一场瘟疫，席姓家族也慢慢离开了……再后来，我们这些其他姓氏的就来安家落户了……

在我的记忆中，30 年前席井的天空是湛蓝的，时不时有几朵火烧云飘过。视野开阔，一眼碧青；晨光柔和，晚霞灿烂。春花烂漫，夏星璀璨，秋叶翻飞，冬雪飘舞，四季如歌。村后那条河轻快地流淌着。夏天我和小伙伴们在里面摸河蚌螺蛳、嬉水玩闹，快乐何曾有过止境！

还记得那些年我们村很穷，只有极少数人家是砖瓦房，其余的都住在土坯房里面，我家也是如此。我记得我家是四间土坯房，房顶是用稻草和蒲席垫底，末了压上黑瓦。有的人家直接用泥巴糊上，屋里两个大梁支在堂屋中央，地面也是泥巴地，扫地时灰烟直冒。大门是从里头带门栓的那种，门口有高高的门槛，两边放着青石，可以当板凳坐。我家祖孙三代同堂，我的童年便在这简陋的土坯房里度过，虽然清苦，但很开心。

时间过得很快，一眨眼到了 80 年代，村里有很多人推了土坯房，盖上红砖黑瓦新房，墙壁刷得粉白，做上水泥地，部分人家还盖起了气派的“小二层”。渐渐地，生活水平提高了，生活质量也改善了。到了 1988 年，我们家也盖起新房，看着盖好的房子，爷爷、奶奶、爸爸和我们姐弟都高兴得合不拢嘴，挂红上梁，放炮撒糖，宴请宾朋，好不热闹……这，是我的少年时期。

时光荏苒，白驹过隙，不知道又过了多少个春夏秋冬，时间已是 2004 年。终于我家盖起了楼房，铺上了地板砖，还置办了大小电器。其间，我们姐弟先后成家，日子也在慢慢变好。但是与此同时，我们最不想看到的事还是发生了，家里出现了变故，爷爷、奶奶和爸爸相继离世……仿佛每个时期，我的家都在发生变化。

近几年来，各种外来经商者，都到我们席井村租房租地皮做生意，他们的到来改变了原来的席井。在给我们带来利益的同时，地上的垃圾增多了，每天都能发现烧垃圾产生的一团团黑烟，雾霾在慢慢增多，火烧云在慢慢减少；螺蛳河蚌原来的家也被各种塑料垃圾所占领，发臭的河水上时不时漂着不明物体。

2017 年 6 月份，我们接到通知，政府为了让老百姓有个整洁健康的生活环境，让老百姓的生活质量更上一层楼，启动了淝河片区综合改造计划，席井村也在这次改造范围内。我好激动，积极配合镇村丈量房屋，核对附属物，签字交钥匙。从交房到拆房只一个多月时间，曾经的席井已成故事，不管以后如何发展，它都将是我不泯的回忆！

不知怎么的，说到这里我有点心酸，眼眶里盈满了泪水，还有一滴很不自觉地落了下来，滴到我的指尖，再滑落到了地上。不管怎样，我都期待着新的家园早点建成，憧憬着未来更加美好！

梦里，我回到童年，坐在秋千上，飘啊飘，飘啊飘，飘向那不知名的远方……

孝肃桥畔，追忆似水年华

李多庆

芜湖路的东边连接南淝河的地方，便是闻名遐迩的孝肃桥。桥西与巢湖路交口，桥东接坝上街交口处，是合肥市东西走向的主要跨河桥之一。因与清官包孝肃公联系在了一起，普通的一座桥梁便有了不同凡响的故事。

古庐州水多，自然桥也多，孝肃桥历史上几度修复，几度重建，几度易名。史料记载，孝肃桥始建于宋代，清康熙六年（1667）和道光四年（1824）又两度复修。嘉庆八年的志书上（1803）记载该桥名为通津桥。光绪十三年（1887）再度续修。

孝肃桥横跨南淝河已近千年，可谓历经沧桑，见证了淝河两岸的巨大变化。1990 年，市政府顺从民意，决定将芜湖路桥复名为孝肃桥，赋予桥梁历史的厚重，让它时刻提醒着我们：“直则万世之公道伸，平则天下之人心服。”

伫立在孝肃桥畔，流淌千年的南淝河水静静地从脚下穿过，阳光洒在身上，给人暖洋洋的感觉。遥望两岸风景，高楼林立，绿树成荫，令人如痴如醉。桥头游园里许多市民在散步、聊天、打牌。不远处有个剃头师傅正在专心致志地施展他的“顶上功夫”，一条板凳，一把剃头刀，一面镜子、两瓶开水，都是传统的老式样，看了就知道什么是“剃头挑子一头热”。

剃头师傅名叫黄宝财，在孝肃桥附近给人剃头近 20 年，而那位年过八旬的顾客，老人姓陈，家就住在离孝肃桥不远，经常在黄师傅这剃头。一剪一刮，20 年间这座城市发生了巨大变化，不变的则是黄师傅的街头剃头铺和陈老记忆里的那些事。

技术娴熟的黄师傅用一个沾满肥皂的软毛刷在顾客胡须上抹出泡沫，然后拿起剃刀，在一条约二寸宽的荡刀布上蹭了两下，就开始认真地刮了起来，刀锋在脸上滑行，时而大刀阔斧，时而小心翼翼，一会儿工夫就把顾客的胡须刮得干干净净。陈老摸了一把下巴说，不错，比那些发廊里的小丫头们刮得地道干净舒服，价格又便宜。

孝肃桥畔的坝上街被誉为昔日庐州城的清明上河图。位于坝上街南北两端的凤凰桥、孝肃桥，相隔三四百米的距离，这段距离内曾见证了坝上街在合肥历史上繁荣的商业景象。从历史记载来看，自明代淝河改道，坝上街就成为合肥城唯一的货物集散地。当年从凤凰桥往北，可以到达董铺水库，孝肃桥往南则与巢湖相连。在接下来的几百年时间里，无数的商船在此停靠，数不清的货物从此处卸船，运往合肥周边地区，坝上街成为合肥城当年繁华商业的地标性建筑，可谓是庐州城内的“清明上河图”。

到 20 世纪 90 年代初，这个曾经的漕运码头、粮仓重地，开始渐渐变身为安徽最大的农副产品批发市场。那个时候，坝上街市场每天 35 万元的交易额、近 50 万斤的交易量、10 万人次的人流量，使得这里每天都人潮涌动。2009 年，坝上街正式启动改造。如今，一座集五星级酒店、甲级写字楼、酒店式公寓及大型商业购物中心为一体的标志性建筑群在坝上街原址上拔地而起。与坝上街一河之隔的包河万达则在2010年底建成开业，成为合肥首个高端商业综合体，共同延续着这里百年商业街的辉煌。

城市阅读空间（王牌摄）

银河公园，合肥人的“翡翠项链”

晓 栈

20 世纪 80 年代，合肥的城市绿化率排在全国前列，曾与北京、珠海两座城市一起被授予国家首批“园林城市”，合肥也有了“绿都”的称号。在这座绿色之城，尤其让市民津津乐道、引以为豪的是有“翡翠项链”之誉的银河公园风景区。

银河原为庐州城南护城河的西段遗址，窄长的护城河道将东岸环城马路与对面地势略高的土岸蜿蜒分隔，河面上一座陈旧、色彩斑驳的木桥单薄地把两岸连接。过去习惯认为环城路之内怀抱着的大街小巷均是市区，护城河之外则是农村，或至少是郊区了。夕阳西下，三两家庭主妇提着从百货大楼购买的糖果、工农兵商店裁剪的布料兴高采烈地经过小桥，她们相互比画推搡着、大声说笑着相约下一次的“进城”。暮色降临，护城河伴着环城路从容地享受时光交错，小木桥在河水里的倒影隐隐约约……

夜晚的环城路几乎没有灯光。居住的剧团大院毗邻环城路，那时年少顽皮的我们对环城路都还是心存恐惧的，玩游戏的失败者接受惩罚的一种方式就是在众目睽睽的注视下去环城路待上几分钟。有胆小的立刻会说：“不玩了，回家写作业了。”在一片嘲笑声中落荒而逃，也有承受住恐惧考验胆大的玩伴，在黑暗里待上一会儿，回来后一般头都是昂得高高的，他的形象立刻在我们的心目中无比高大，瞬间，失败者转化成为英雄人物！更多的情况是我们成群结队地叫嚷着，在环城路上撒会野，然后英雄似的凯旋……

历史的进程在20世纪80年代初转变，护城河有了美丽的名字“银河”。河水两岸的地势做了适当的平整，鹅卵石铺就的羊肠小径曲折蜿蜒；临水而建的楼台端庄，亭榭秀美；木桥换装，石桥惊艳现身；碧波里船儿荡漾，笑声朗朗。河水如同悠闲的岁月一样清澈缓慢流淌，有“花径春风人载酒，银河秋月夜谈诗”的意境。银河公园风景区成了80年代人们惬意休憩的场所。周末，市民带上照相机举家游玩银河公园，耀眼的闪光灯留下了多少精彩瞬间。夜晚，银河公园华灯初放，草坪里、小径上年轻的情侣相依偎，情意缠绵，小桥流水又见证了多少的山盟海誓。银河公园风景区的雕塑情趣盎然，绿色世界里袋鼠跳跃、长颈鹿伸脖、大熊猫啃竹、白天鹅凌波……把城市的“翡翠项链”点缀得优雅中多了几分俏皮。

如今随着城市的发展，可去游玩的景点也多了起来。但闲暇时，我还是喜欢去银河公园风景区漫步，走一走，想一想……看看优美的环境，感受绿色的呼吸。

外婆的十五里河

焦 娜

弯弯曲曲弯弯，十五里河依然静静流淌，风吹起柳树叶儿碰撞出簌簌的响声，是否你们同我一样，也在思念着外婆？

那时候河上只有一座用石板拼起来的小桥，我跟着外婆穿过一片青青的稻田，拉着她的手走过石板桥。十五里河哗啦啦地向东流去，仿佛在高歌它用生命浇灌了多少株禾苗。

不知多久没有回来了。

眼睛开始变得模糊了……老房子还在，这里承载着我童年里最快乐的时光。一到暑假，妈妈打包几件衣服就把我送到外婆家，一住就是大半个月。恍惚间我看到外婆坐在院落里一边择菜，一边看着我跟哥哥满院子疯。

“哇哇哇，外婆，哥哥又欺负我了。”我看着不远处不停朝我做鬼脸却又抓不着的哥哥，哭着向外婆告状。

外婆顺手拿起靠在门口的扫帚就去追打哥哥，嘴里骂着：“叫你欺负妹妹，叫你欺负妹妹……”

天气热得慌，外婆掏出零钱让哥哥带我去买冰棍。冰棍可真多，红豆味的、绿豆味的、香蕉味的，还有两毛钱一袋的“冰心”，好吃又解暑。于是，刚刚还扭打成一团的兄妹俩，又亲密地坐在电视机前，津津有味地看起了《孙悟空三打白骨精》，还时不时舔一舔快要化了的冰棍。屋梁上的老电风扇吱悠悠地转着，外婆也清静多了，她总是有办法“治服”我和哥哥。

站在老房子门口，向前望去，儿时记忆里的稻田早已被高大的白杨树代替。陷入沉思的我，仿佛又看到外婆把裤子卷到膝盖，和大人们弯腰在田里插秧。我跟一群左邻右舍的孩子尽情奔跑在曲折的乡间小道上，抓田鸡、捕蜻蜓，跑到河边看谁扔的石头漩起的水花漂亮。十五里河浅浅吟唱，为我的童年奏起了欢乐乐章。

大雨后的河水湍急而过，外婆怕淹坏了稻苗，连夜带着大人们去田里放水。夜色下的外婆被星光笼罩，被淤泥盖住的双腿也散着光芒。

秋收的季节，外婆的脸上总是挂着忙碌的喜悦。外婆戴着大草帽，脖子间挂着一条毛巾，割稻、打稻，我蹲在稻谷边用手搓着稻子，跟着外婆一起笑。

今年天气依旧炎热，从脸上滴下来的水刚着地就瞬间被吸干，只是我已分不清落下的到底是汗，还是泪。

路边那口大水塘里的水还是那么绿，妈妈说水塘是外公当生产队队长时亲自带着大伙儿挖出来的。我停下脚步，看到了年幼的我和哥哥正坐在塘边大树上钓龙虾。

“哥哥快看，我钓到了龙虾之王。”

“我晚上就把它吃掉，哈哈哈。”

“不行，这是我钓的，是我的、我的。”

“谁抢到就谁吃。”

于是，小兄妹为了吃龙虾之王而争执起来。嬉闹声回荡在稻田里，不远处的十五里河也缓缓地拍打着节奏，跟着我们一起哼哼唱唱。

“外婆外婆，看这个大龙虾，是我钓的哦。”回到家，我举着那只硕大无比的龙虾向外婆展示战果。外婆笑着夸我真能干，我开心地把头埋进外婆温暖的臂弯里撒起娇来。

深深吸一口气，轻轻闭上眼。我看到了外婆天还没亮就起身给我炒葱花蛋炒饭，很香很香；看到了外婆欢快地出来迎接放假归来看望她的我，怜爱地责备我没有工作不要花钱买东西给她；看到了外婆给我端来一碗面条，拨开面来，碗底躺着三个煮鸡蛋；看到了外婆蹒跚走来，满眼慈祥地望着早已懂事的哥哥和我笑着聊天……

长大后的我不像小时候那样黏着外婆了，在外读书好些年，只有寒暑假的时候才有时间去看望她。外婆虽然话变少了，眼睛却一刻不曾离开我们。蓦然回首，总是说要等毕业工作了好好孝敬外婆的承诺已经成为一张空头支票，再也实现不了。悔恨和懊恼占据了我的心，为什么明明懂得的道理却还是没有好好珍惜。

那天去医院看外婆，外婆已经不能说话，我握住她的手，就像小时候她拉着我的手一样。外婆用力抓住我的手，我知道一定是她哪里不舒服了，可是她还在坚强地忍着。走到医院门口，看到一位病患手捧鲜花开心地跟家人出院，心里真是羡慕极了，心想如果这是外婆该多好啊。

晚上梦见了外婆，第二天就赶去看她。我问她是否想我，她微微点头。外婆消瘦了好多，憔悴地看着我，我也看着她。天快黑时，她用手不停地指向门外，哥哥说，奶奶催促你回家了，天黑她不放心。我对她说，不着急。没过一会，外婆又缓缓举起手，再一次指向门外，那一刻，心里有说不出的苦涩。我蹲下身来，拉着外婆的手轻轻抚摸我的脸。我怎么也想不到，这是我最后一次和外婆见面，最后一次拉着外婆的手，她最后一次摸我的脸。这最后一次见面的场景，来得无声无息，却狠狠敲打着我的心脏。

外婆走了，永远地走了。

弯弯曲曲弯弯，静静流淌着的十五里河也开始低泣。

哥哥骑车送我去车站。路的前方，我突然看到外婆正拉着大板车去买米和油，小小的我和哥哥就坐在板车上傻笑。我也跟着笑了，可是眼睛却流出泪来。

这条路，外婆再也不会陪我们一起走了。

桃花浮庄溶溶月　柳絮包河淡淡风

李云胜

从繁华的马鞍山路向西一拐，便是有名的包公园景区。闹中取静的林荫小道旁，紧邻着一座连在一起的狭长小岛，岛上的建筑类似古代的村庄，因此得名浮庄。它就像一片婀娜多姿的荷叶，漂浮在美丽的护城河上。合肥“脖子”上的翡翠项链因为镶嵌了这颗美丽的装饰品而熠熠生辉。

贴着水面长出的小岛

站在浮庄的入口处，我没有像别的游客那样陶醉于岛上的亭台楼阁、人文景观，而是紧盯着扑打着小岛四周堤岸的涟漪，暗暗担心，假如遇到汛期，护城河里的水借势疯涨，岂不是要漫过小岛，淹没岛上的建筑！

这并不是杞人忧天，据说浮庄仅高出护城河水面 20 厘米，如果遇到一场豪雨，排水不畅的话，被浸漫是必然的。不过，合肥的护城河不是一潭死水，它连接着南淝河，甚至还可以为三国遗址公园饮马池景区补水。据有关资料显示，1956 年，浮庄所在的护城河就建有一座单孔防洪闸，1985 年扩建成环孔闸。

依偎在曲桥的栏杆上，河面波光粼粼、水波荡漾，岸边垂柳婆娑、树木葱茏。特别是秋冬的早晨，雾气萦绕，把整个浮庄笼罩得若即若离，若有若无，恍如海市蜃楼，又如没骨水墨画，浮庄的魅力就在于此。

东大岛上的仿古庄园

老合肥都知道，浮庄所在地原名叫东大岛。1984 年，合肥创建全国园林城市，浮庄就是在那时建成的。2000 年 8 月，浮庄又进行修建，占地 12 余亩。它南与包公墓、清风阁相邻，西与包公祠遥相呼应，是一组由茶楼、莲塘、亭榭、曲桥等景点组成的依水而建的古典园林。黛瓦粉墙，色彩素雅，黑白分明，兼具江南园林与徽派建筑的艺术特色。

有岛就得有桥，桥是水上之路，桥又是路的衔接和延伸。浮庄南北有三个门，南边的正门有座小桥，把小岛和林荫小道连接起来。门楼上木制黑底的匾额雕刻着“浮庄”二字，看落款，是著名的军旅书法家张爱萍上将的手书。门头上悬挂着两盏大红灯笼，门旁的路灯也是仿古样式，透着喜庆和古朴。

浮庄里面景点很多，树木茂密，除保留了原来东大岛上的刺槐、枫杨等林木外，还种植了天竹、斑竹、桂花、松柏等观赏树木。往里走，曲径通幽，有一画舫泊于一泓碧水之中，古朴典雅。再向东是一组秀丽的亭台楼阁、水榭花墙。站在“镜中天”旁，我被两侧的对联吸引，不经意念了出来：“东西岛影含楼影，上下天光透水光。”想一想，还真是那么回事，在护城河边远眺浮庄，岛影和楼影在水面扭曲延伸，随波荡漾，金灿灿的阳光洒在水面上，像无数粒散碎的金子在闪烁，不得不佩服对联作者的智慧。

浮庄园林建筑的主体是一组环水而建的楼台亭阁，古色古香，游人曾以“桃花浮庄溶溶月，柳絮包河淡淡风”赞美其胜境。

临水照花般的享受

当年在东大岛上修建浮庄，据说是香港船王包玉刚先生出的钱，岛内建筑傍水就势而成，有人称其为合肥保存最为完整的徽派园林建筑群。今天依然可以在岛上看见包公第 28 代嫡孙、船王包玉刚之父包兆龙立像，其正面的花岗岩上刻有包玉刚先生手书的家训：“叶落归根，建设家乡，热爱祖国。”

漫步浮庄，经常会有三三两两的靓影倒映在河面上，我的脑海里突然冒出“临水照花人”这个词，这是胡兰成形容张爱玲的。而在喧嚣闹市中有这么一个好去处，也算不枉费了这个优雅的称号。

我不知道合肥人是否比别的地方的人多才多艺，但置身于如此诗情画意的岛上，可能不会作诗也想吟。记不清在哪里看到关于浮庄的词句：“溶溶月下，远喧嚣，静坐一隅。似闻隐竹，采幽茗，邀月执杯，烟波似玉，沐风而桂芷环绕，临此境，月我合景，月当我幸矣。”不过作家潘小平女士的《雪中浮庄》我是记得的：“下雪了，雪中的浮庄白皑皑一片，隐约露出铁线一般的老树黑瓦，美极了。”可见浮庄不管是白天还是月下，不管是春天还是雪中，带给我们的美感的确是润肺润心的。

斛兵塘：象牙塔内的一泓清泉

梨拾柒

“斛兵泛舟意若何，笑将岁月漫蹉跎。一代枭雄屯兵事，博得今人议论多。”斛兵塘，又名站塘，俗称量兵塘，是合肥工业大学里的一处水景，位于校园内东南角，面积约 6.7 公顷。塘畔四周林木葱葱，花草繁茂，池水清澈，环境幽静，素有“工大未名湖”的美名。

斛兵塘，合肥三处比较著名的三国遗址之一，与逍遥津、教弩台齐名。相传东汉末年，曹操率军南下攻打孙权，在合肥安营扎寨时很多人来投军，兵力激增，虽号称 80 万，但连曹操本人都不知道准数。为清点兵马，曹操令人在此挖出一个大土坑，按照军队配置，内设车队、马队、步队的方位、标志，大概是车队一千、马队五千、步队一万，然后命士兵排队进去站满，如此反复计算出人数，像用斗量米一样，故名“斛兵塘”。后来此坑废置，天然雨水积成了一个水塘。

同为三国故地，合肥的三国遗址不算少，但有幸在大学里安家的，却唯有斛兵塘一处。正是因为如此，相较其他三国遗址，斛兵塘保护得相对到位。2002 年斛兵塘成为合肥市 18 个重点文物保护单位之一，且在斛兵塘旁立有一块用汉白玉雕刻的纪念碑，似一本翻开的历史书，一页上刻“斛兵塘”三个大字，另一页则书写着“曹操点兵”这段历史。在市政部门和合工大师生的共同努力下，如今的斛兵塘已是合工大校园内一道亮丽的风景线。

今天，时常有关心合肥历史文化建设的人士寻古而来，驻足于此，遥想当年战火硝烟的场景和金戈铁马的喧闹；感叹曹操的智慧，联想其稚子曹冲称象的聪明；也有人建议让斛兵塘拆墙透绿，将其改造为斛兵塘城市公园，并将世纪阳光小区南北向主要道路命名为斛兵塘路，扩大现有面积和规模，使之成为三国文化的游览地。

傍晚的时候经过斛兵塘，经常能看到成群的鸟儿飞过。风吹过，波光潋滟，鸟儿鸣叫。那一刻，整个斛兵塘都灵动了起来，十分可爱，惹得人不由得停下脚步。

斛兵塘的湖心岛在整个湖面的中央偏南，树木成荫。小小的湖心岛上，栖居着数以千计的鸟儿，在树木葱茏间觅食、栖息、孵蛋，不时有一两只白色或灰色的大鸟倏地飞起，掠过树梢和水面，扑闪着翅膀消失在远处。

斛兵塘的鸟岛，在合肥也是名声远扬，吸引了不少鸟类爱好者和摄影爱好者前来观鸟、拍照。岛上的鸟类主要是白鹭和夜鹭。同时，湖心岛还是几只白鹅安家的地方，每天早上，学校的管理人员都会摇着小船去给它们喂食。周边的居民也会在天气爽朗的时候来到斛兵塘散步、赏鸟、喂鱼，消磨一下时光，放松一会儿心情。

那是一个艳阳天，天空有一丝云，初春的阳光洒在身上，只感觉到温暖与轻柔。可能是心情的缘故，我们坐在斛兵塘畔的长廊里，看四周觉得什么都那么柔和、亲切，像是被什么刻意滤过似的，一尘不染地浮现在眼前……

绿树掩映中的学府（叶玉庭摄）

“姑娘巷”的美丽故事

周友奇

在周谷堆附近有一条小街巷，只有几百米，但它有一个极为好听的名字，叫“姑娘巷”。姑娘巷位于一环路北包河区望湖街道周谷堆社居委新河埂片区内。之所以有这样一个美丽的名字，要从20世纪50年代说起。解放初期，新河埂还是庐州城的郊区，居住的是都以种田、种菜为生的农民，他们大都通过时雍门到城里卖农货，然后换回火柴、盐等生活必需品。尽管从村里到城里不过短短的几里路，但那也叫进城。1954年的时候，合肥市人民政府号召全市人民动员起来，清淤、拓宽南淝河河道，祖祖辈辈居住在那一带的乡亲们退居到南淝河新筑的河埂下，村庄也就叫“新河埂村”，并且一住就是几十年。

后来，随着合肥城市建设的大发展，新河埂村一带逐渐被现代化的大都市包围，成了名副其实的城中村，家家户户靠城吃城，日子越过越红火。和国内大多数城市的郊区一样，城乡接合部地区总是要比一般意义上的乡村富裕得多。俗话说，人往高处走，水往低处流，新河埂村的小伙子固然容易娶到媳妇，新河埂村的姑娘们却不愿意嫁到外乡。除了个别和合肥城里的小伙子搞对象嫁到了市里，绝大多数的女婿都是“倒插门”来到了新河埂村。

那时，新河埂村已经比较富裕，便给家里有“倒插门”女婿的姑娘们也按男丁人口分了宅基地，并逐渐连成一片。通往马路上的小巷道也早在 20 世纪 80 年代就被人们叫作“姑娘巷”，但只限于口头上，真正命名是 20 世纪 90 年代的事，当时市地名委员会为了解决城市道路名字混乱的状况，统一对大街小巷摸底排查，在尊重历史的基础上，这条小巷正式以“姑娘巷”挂牌。

在这附近现在有两个小区，一个是荣昌园，主要是巢湖路附近拆迁户的回迁房；另一个是金湾嘉园，是过去“新河埂村”的老居民。还有一些人后来离开了这一带，搬到别处去了，真正居住在这里的那些老人已经不多，他们大多把拆迁补偿的房屋用于出租，所以，现在这里居住的人口非常杂，许多都是外地来合肥谋生的人。大家见了面也都互相不认识，不像过去都是乡里乡亲的，端着碗串门子，张家有了口好吃的会送李家一口，李家来了客人会叫张家作陪。现在可没有这样的景观了，门对门见了面连声招呼也难得打。

被遗忘的三国遗迹——周谷堆

孙晓丹

素称“三国故地”的合肥，由于魏、吴长达 30 余年的争夺，曾留下众多与三国有关的故址。但是有一处三国古迹并不为人所知，却有证可考。据合肥市地名规划记载，目前位于合肥工业大学大门东侧 100 米处的周谷堆或称周古堆，清朝嘉庆左辅纂修《合肥县志》称为相国墩。它之所以称为相国墩，自然与三国时的相国曹操有关。

三国时期合肥曾为魏国重镇，是兵家必争之地。据《合肥县志》记载，三国时期，曹操率领大军进攻东吴，屯兵合肥，安营扎寨在时雍门外，三里南冈集南，就是现在的合肥工业大学大门东侧附近。后来，人们为了纪念曹操，将此处叫作相国墩。相传，当时曹操率领的大军，人马浩荡，无法计数，为清点人马便挖出了一口旱塘，作为计量将士的场所，这口塘就是位于合肥工业大学校园内的著名三国遗迹——斛兵塘。斛兵塘的地理位置正与相国墩相近，曹操在斛兵塘点兵，由于当时的相国墩地势在古庐州比较高，就将将士们驻扎在那里。

关于周谷堆民间还流传着这样一个传说，相传在古代相国墩会根据大蜀山的变化，墩体也一年一年变大，影响着当地居民的生活，特别是每当暴雨来临时，山体下滑，对山下居民的生命财产造成了巨大的威胁。当时因为土堆对当地的百姓伤害太大，百姓经常到二郎庙祈求二郎神庇护，于是惊动了天上的二郎神。二郎神派他的神犬下凡镇压土墩，山体立刻下泄，慢慢成了一块平地，人们在此地种了庄稼，得到了大丰收。又因为此地老百姓大部分姓周，所以为了纪念这个地方就取名叫周谷堆。

周谷堆在解放初期是庐州城的郊区，当时还只是一个自然郢，居住的都是以种田、种菜为生的农民。到了 90 年代，合肥发展壮大，此处进行了拆迁，把自然郢变成了合肥市的一部分。现在的周谷堆位于合肥工业大学大门东侧 100 米，当时拆迁过后的周谷堆变成了现在的风和园小区，在风和园小区内有一座周谷堆恢复楼，住的就是当时周谷堆附近的老百姓，在此处还能看到周谷堆的痕迹。还有马鞍山路附近的几个公交站台都取名为周谷堆，也能找到周谷堆的踪迹。

风

施维奇

父亲15岁那年第一次进城，鸡还没叫，就推车沿着穿村而过的西大路咿咿呀呀地出发了。做童养媳的母亲送到村口，将包着几个饭团的布包塞到父亲的怀里。父亲有些生气，如果不是寻找母亲的剪刀耽搁半个多时辰，他一准走了好几里路，这会儿肯定翻过烟大古堆了。

冬天快来了，母亲做鞋没有一把好剪刀不行。昨晚父亲将剪刀随手放在香阁的一包纸上，准备带进城去重新铲口。夜来堂屋西窗的风无心地翻开几张纸，盖住剪刀。父亲起床，举着油灯，香阁、饭桌、鸡笼……连堂屋的墙旮旯都翻了个遍，母亲帮着找也半天没找到。正在着急，一缕东风吹来，又把那几张纸翻回去，母亲一抬头，一眼看见剪刀不就在那包找了好多次的纸上吗？许多年后，我还记得漫长的冬夜，母亲坐在床上纳鞋底绱鞋，常到鸡叫二遍，床头铁钩上挂着的单鞋棉鞋，串在一起有稻箩那么粗。

深秋的早晨，露水湿重，湿漉漉的风中弥漫着野菊花的清香。尽管天黑得看不清路，但父亲心是亮堂的，独轮车上架着两袋花生，几十里走下来，脚板还是轻快的。

父亲把车在小东门的大街停稳，早晨第一缕阳光才刚越过巍峨的城门楼，照亮包河水面上款款飞舞的蜻蜓和毛竹园林林总总的桁檩毛竹。前街后街商铺的门板纷纷摘下，南淝河、金斗河上的商船，桅樯林立，往来如梭；跨过孝肃桥，坝上街商旅如云，码头货物堆积如山。大窑湾、小窑湾烟囱高耸，不时传来砖瓦烧好出窑放气的轰鸣。

窑湾的青砖小瓦，只有城里的李家、张家、段家、龚家这样的大户人家去买，乡下人从不敢有此非分之想。这年的节气宜种棉花，我家几十亩旱地少收两担花生，稻谷也减产二成。“人生两大事，盖房讨娘子。”家里筹办大事，想盖两间新房，不得不多等几年。

父亲推来卖的花生成色好，粒大饱满，晒得又干，很快脱手。没想到卖了将近四块钱，父亲觉得周身都是钱了。接下来，买六张芦席绑在独轮车上，磨剪刀，锻锄头，再买那四个粗瓷黑边的窑锅时已是晌午时分，满大街都是包河鲊肉喷香的吆喝。早就听在后街李府管账房的大伯说过，包河鲊肉在庐州城飘香数百年了，四周城墙厚厚的青石浸透鲊肉的香味。一毛五一碗，父亲吃完带来的饭团，只舍得吃两块鲊肉，其他的扣在窑锅里带回去，给全家人尝个鲜。

办完所有的事，父亲靠着城墙根儿打了个盹，长长的身影投在南淝河的水面上，悠悠地流向遥远的家……

那天后半夜，刮起漫天大风。村子里，西大路上，合肥城前街后街，一些东西像树叶一样被风带到远方。父亲新买的四个黑边窑锅也被刮走。第二天一早和以后的许多岁月，人们都在急急忙忙寻找丢失的东西。只有父亲十分淡定。父亲知道在一场风中消失的东西，在另一场相反的风中都会回来。风后的早晨秋高气爽，父亲拿出磨好的红把剪刀交给母亲，另外还送给母亲一把锥子，一个顶针。

姚公庙菜场：一段难忘的回忆

邱向峰

20多年前初到合肥，就住在常青镇姚公庙附近。如今20年过去了，随着“老城复兴”计划的启动，姚公庙周围也将发生新的变化。但不管怎么变化，我对姚公庙的记忆却不曾逝去。姚公庙老菜场的喧嚣繁华，商场前的阵阵吆喝，祁门路的顺利贯通，高架桥的架设……一旦忆及，便一步步清晰。

那时的姚公庙有一大一小两个菜场，两菜场相隔不过300米左右。大菜场的北端两侧一边是杂货店，卖衣物、鞋帽、日用百货；一边是米店、包子店、小吃店。再过来一点就进入菜场。先是一溜卖干货的：姜、蒜、辣椒皮，品种丰富。接着是专门贩菜的人摆的菜摊，菜新鲜，价格不便宜。然后两溜是肉摊。肉摊中间夹杂有卖豆制品的，卖油炸圆子的，卖豆芽的。印象深的是卖豆芽的姐弟俩，他们生意很不错。早晨有时去晚一点，摊子都收了。姐姐微胖，弟弟瘦长。大多是弟弟在那里卖。顾客买豆芽时，说要多少钱的，他随手抓，搁秤上称，很准，技术娴熟。他闲一点就低头在那里一边发短信，一边盯着手机笑。

菜场小，自然拥挤无序。有的菜农见缝插针，将菜摊摆在肉案的外侧。这些菜农大多家就在附近，卖自家地里的菜，价高点，照样有人买。你要还价，他们会说："小大哥，这是自家种的菜，没打药，环保无污染，别还价了，给你称。"他们不用台秤，用老式秤。老式秤不少人不怎么会认，他们利用这一点来克斤扣两，纠纷也时有发生。记得我有一次买毛豆米，称完后，我看那分量好像不足，便对女摊主说："别少秤啊，反正我回家还要用弹簧秤来称。"我也只是说说而已。刚说完，那个女摊主迅速地从她的筐里又捧了一捧毛豆米放进塑料袋，狡黠地笑着说："你回家放心称吧，保证不少你一两。"

大菜场到头，过个十字路口，原有个小菜场，大部分都是近郊菜农在卖菜。因为祁门路要打通，这个临时的露天菜场很快就搬到了离此处 300 米的地方。这里的菜价相较大菜场而言便宜点，而且菜新鲜，时令性强，所以很多人选择在这里买素菜。

这条街以菜场为主，但也有不少商铺，每天不绝于耳的吆喝总是此起彼伏。最初听起来有些反感，渐渐地也就习惯了。听得最多的是小服装店的吆喝，几乎是从早到晚。一开门，门口的扩音器里就传来瓮声瓮气的粗俗吆喝："本店因经营不善，样样 19 元，件件 19 元。现在菜涨价了，米涨价了，连方便面都涨价了，我家还是 19 元。走过，路过，千万不要错过。以前不卖是我的不对，现在不买是你的过错。最后 20 天啦，甩卖，大甩卖！"来往的人在如此絮叨的吆喝中，打量一下店面，又去下一家。

这些吆喝长年累月"驻扎"在本街，有的吆喝打一枪换一个地方。流动小贩最喜欢双休日出没。卖包饺子模具的，最有一套。他边用擀面杖擀面皮，边对着小话筒嚷："两块钱不白花，一年四季都用它。两个小一个大，大哥买个送大嫂，大嫂高兴得不得了。高高兴兴买回家，就像送给嫂子一朵玫瑰花。三年五年用不坏，可以传给下一代。虽然不是传家宝，家家户户少不了。”光听这么溜的嘴皮子，一大批人就被吸引了过来。旁边有人问怎么用，他顺口答：“我来包你来看，专门给你做示范。擀好皮抹上馅，两手一捏到一块。”包饺子的示范动作做好了，购买模具的人也多了起来。

这菜场，我至少隔天就要来一次。作为顾客，我堪称忠实。卖荤菜的、卖素菜的都有我自己认定的“供应商”。他们把我当作老主顾，笑脸相迎。如果他们摊上的东西也长眼的话，肯定认得出我吧。其实大多数菜场都乏善可陈，但是单位、生活区离这个菜场近，那些家离菜场远的同事总在说，你买菜多便利。只有在这时，会油然而生一种满足感。嘴上没说什么，其实我的心底还是感激它的好。

新的姚公庙菜场早已建成使用，但对姚公庙老菜场的记忆那么深刻，大概是因为在一个地方待久了，心里沉淀的那份朴实的情感，那种熟稔的亲切，不曾远去吧。

梧桐之下，曙光渐起

余倩雯

九月，秋意渐浓，一阵清风徐来，路边的树叶便婆娑起舞，又快到梧桐树落叶的时节。记得小时候，漫步在曙光路上，每当树叶飘落时，我就会站在树边，伸出手接住它，抑或是蹲下身，拾起一片后，再小心翼翼地将它夹到书页中保存，待到无意中翻开书本，看见平整的树叶时，思绪便不由得飞速倒转。

我出生于20世纪90年代，在合肥的老城区长大，我的童年就是在曙光路上度过的。多年过去，住在曙光路的日子仍是我最值得珍藏的美好回忆。

上小学那会儿，曙光路狭窄且热闹，它并不宽阔，充其量就是一条勉强可以跑汽车的街道，两旁的梧桐树将其包裹得如同隧道一般。街边有不少报刊店、文具店、音像店、裁缝店、发廊，路边摆摊卖菜、卖盆栽、卖画报、剃头、修车、修鞋的一字排开，琳琅满目、应有尽有。在曙光路的北头，有一所小学，每回孩子们上下学时，这条小路就变得人声鼎沸、热闹极了。在小学的对面是一处城中村，盘踞着数十家废旧物品回收点，有时候走在街上，会看见一个皮肤黝黑的小贩弓着腰，骑着锈迹斑斑的三轮车，三轮车上堆满了废品。小贩的手里摇着用塑料瓶制成的拨浪鼓，努力地向南骑去，拨浪鼓声也渐行渐远。曲折蜿蜒的小巷内部，蜗居着不少老合肥人和一些外地租户，三三两两的青壮年打着赤膊在巷子外纳凉，孩子们尽情地在巷子内穿梭跑跳，头发花白的老太太戴着老花镜，坐在藤椅上做针线活，一到饭点，家家户户都不约而同地忙着洗菜、炒菜，不一会，整个巷子就飘来一阵饭菜的香味，令人垂涎欲滴。

时隔多年，我再次行走在曙光路上，漫步在高耸的梧桐树下，顿时有一种亲切感涌上心头。那些老旧的房屋、街边的摊贩、小店让我记忆犹新。依偎在高楼旁的小巷，更显得宁静惬意、与众不同，它脱下了脏乱差的外衣，既保留了市井的生活气息，又融入了现代时尚的元素，因而取名为“中隐于市”。现在这条小巷充满着浓浓的艺术氛围，数十家有着文艺气息的小店聚集在一起，“保罗的口袋”独立书吧、“春树下”餐厅、法国“造船厂”咖啡馆、德国“罐头党”主题客栈……不时有老夫妻或是小情侣在这散步聊天，来自异国他乡的国际友人在吧台调酒，也有乐队坐在店外弹着吉他，唱着歌，不少年轻人摆摊卖手工艺品，直到深夜，这条小巷依然是灯火辉煌，色彩斑斓。

老城新貌。如今的曙光路，隐约透着都市的品位与静谧，徘徊在路边的小巷，淡淡的历史印记与别具一格的都市文化交错，让人流连忘返。只有那路边不变的法国梧桐，承载着老曙光人的历史记忆，见证着老城一角的发展变化，温柔地迎接着每一道曙光。

小河边的欢乐岁月

李志芬

有水的地方，似乎总有灵气，人类也总是逐水而居。我记忆中的村庄就是这样，村庄中间有条小河穿插而过，小河养育了整个村庄的人，见证了村庄里一代代人的喜怒哀乐，它就像老舍眼里的茶馆，是村民生活和交流都不可或缺的场所。如今因为城市改造，小河已不是旧时模样，但它却时上我的心头，成为难以割舍的记忆。

小河名叫高排沟，就在今天南二环路和淝河路交叉口处不远，后来才知道它主要是上游单位的排水渠。沟渠穿插在村庄的中心，把大、小刘衡正好分开。虽然这里现在是交通便利的繁华市口，但在 20 世纪 80 年代末 90 年代初时，道路都是石子路，连一条柏油路都没有。村庄的房子基本都是平房，只有少数几家在城里做生意的人家盖起了小楼房。

小河是热闹的。记得我刚嫁过来的时候，田里种的都是蔬菜，周围没有好的休闲去处，这条小河就成了邻里们交流谈心的地方。白天大家都在地里忙着，一到傍晚，就看到家家都挑着从地里拔来的小白菜、萝卜等新鲜蔬菜赶到了小河边，来晚了的人就要依次排队。这时候大家就利用这空闲时间聊起来了，说说孩子的成长呀，婆媳间的事呀，还有谁家的菜种得好，什么菜的品种收成好呀，那场景甚是热闹。

小河后来遭遇了一场劫难。原本它是一条流动的活水渠，起初河水洗过的菜是可以下锅就炒的，都不需要清水淋，可想而知水质是多么清澈。但后来，上游工业单位排放的污水带来了污染，清澈的河水渐渐变成了黑水。水质变了，来河边走动的人也就少了，再也看不到来洗菜的人了。大家都在自家的院子里打上了压井，还有的砌上了涵井，大家再也不会到小河边交流，繁华热闹的景象也随之消失了。

不过，一到下雨天，小河边又会热闹起来。随着上游水流加大会有很多鱼虾出现，这时又能看到村子里的人们再次聚集到小河边。流水从上游冲下来很多龙虾，因为爪子大，叫龙爪虾。村子里的大人孩子都围在水渠的闸口处，虾顺着石缝往外爬，大家就使劲往兜里抓……

再后来，随着城市建设发展的需要，村庄要拆迁了，这条小河也默默失去了往日的热闹。如今，村庄已变成高楼大厦，那条小河也被填埋在地下，但我似乎还能听到哗哗的流水声，还会回味它曾经带给村庄的各种快乐。

难忘小河！你曾经美丽的模样。

龙虾盛宴（杜静摄）

妻子第一次来合肥

鲁　庆

岁月的流逝，会像筛子一样，筛分出年年岁岁中的甜酸苦辣。有些人和事，随时间的流逝，渐渐淡忘。但有些人和事，无论历经多少岁月，总是刻骨铭心得令人难以忘怀。我永远不会忘记第一次带妻子来合肥的那件平常却难忘的事。

那是 30 多年前的事情了。毕业分配进单位后不久，我就被派驻南京工作，工作中，我认识了在南京设计院工作的她。也许是缘分注定，通过工作上的不断接触，我们俩渐渐走到了一起。为了彼此进一步增进了解，我邀请她到我的单位和桐城老家看看。无论是到单位，还是到老家，合肥都是必经之地。从南京到合肥，现在一个小时的高铁路程，在那时要走上整整一天。

那天应该是 1988 年元旦前夕，我们乘坐长途客运班车，经过 7 个多小时的颠簸，下午 3 点多钟到达了合肥明光路长途汽车站。现在我还非常清晰地记得，那时从长途汽车站到位于望江东路的我们单位，也就是化工部第三设计院，有两种坐车路线：其中最方便的一种路线，也是我一个人回单位，来回都经常走的路线——乘 11 路公交车，直接到铁四局站下车，再步行几十米就到单位了。另外一条乘车路线是乘 1 路公交车，到终点站南七，然后再转 11 路公交，坐一站到铁四局站下车。那天，我毅然选择了第二条乘车路线，带着在那时还不是妻子的她，倒了两趟车辗转回到了单位。放到现在，大家一定不能理解。为什么舍弃直接到达，而费时费力转车呢？其实啊，在南京到合肥的长途客车上，我的心中就打好了小算盘——我要把合肥最好的面貌展现给她看，尽管我知道，合肥和南京的差别是客观存在的，但我也要让她对合肥的第一印象是美好的。

几十年来，1 路车的行驶路线都没有变过，先经过安徽第一路长江路，然后再转上 80 年代城改以后焕然一新的金寨路到达南七，沿途所经过的就是当时最好的合肥，最美的合肥。今天回想起来，那天我的选择可谓英明正确，妻子对合肥的印象一直是美好的。

岁月匆匆，几十年的时光，弹指一挥间。这期间，无论是我们的大中国，还是我们大安徽、大合肥、大包河的城市面貌都发生了翻天覆地的变化：高楼大厦鳞次栉比，高速公路、铁路纵横交错，拉近了距离，缩短了时空，城市的快速公交和地铁网状分布，加快了步伐、便捷了出行。现在城市的一切都是美好的，无需像我们当初那样，费心去选择美好了。

我的殿堂我的路

刁海华

世间路有千万条。在我心目中，包河区的芜湖路包公园段最为神圣，它是我的进取路，是我的治愈路。从十几年前我拉着稚子的手踏进少年宫学艺，到如今我半头白发依然定期去省图听各种讲座，这段黄金道，留给我太多的回忆和感慨。

15 年前，儿子上小学。为了让他眼里的色彩更明媚，我动员他上少年宫少儿美术班。走进少年宫，他却被航模小飞机吸引住，嚷着要上航模班。协商结果是美术和航模都上。两个班分别是周六的上下午。每周六早上我带他转车一路颠簸到少年宫。上完美术课，中午在芜湖路沿街某家小吃店填饱肚子，来到清风阁前的广场上嬉戏，等下午的航模课。夏日里，孩子躲在树荫下叠飞机、打陀螺、玩悠悠球。芜湖路两边梧桐树伸展如伞盖。人在树荫下，几乎感受不到是盛夏季节。到了秋天，满地黄叶，一片片跌扑在人行道上。环卫工人清扫前，我喜欢用脚轻轻踩在落叶上，把它们一片片抚平，看叶面上筋脉的走向。到了冬日，清风阁前草坪上，欢声笑语，孩子们在草坪上放风筝、打羽毛球、奔跑追逐。

寒来暑往，孩子一天天长大，课业负担逐日增加，兴趣班退出生活。每到周末，我们母子俩沿芜湖路梧桐树荫走到省图书馆，分别进入各自的阅览区。孩子到了少儿阅览室，收敛了顽皮好动的行为，举手投足变得斯文得体。每周一次踏上这段路，省图门口烤红薯的大叔和看管自行车的大妈，都成为我们眼里的熟人。我们低头细看人行道上的宣传图案。这些图案以宣扬包公清廉文化为主题，刻在青石上的竹叶、兰花、荷花线条都很清晰明朗。有了这些明晰的警示，我们才不会在前行的道路上迷失。

孩子上大学后，我业余时间更多了。到省图听讲座成了我汲取知识、拓展视野的一个重要平台。随着城市化进程，我们居住的烟墩街道已经纳入城市板块，快速公交一号线拉近了我家跟省图书馆的距离。从快 1 路大钟楼站沿包河公园走几百米，拐到芜湖路走几步就来到省图。包河公园这段幽静的水边小道成了我的治愈路。每次下车后看见青石上三个遒劲的大字“包公园”，我浮躁的心情立马平静下来，呼吸也变得均匀、平缓。踏过数级仿古砖建造的台阶，身体两侧拂过的依次是修竹、水杉和垂柳。一道竹帘引人入圣境，笔直的水杉引得我昂头想捉空中飞鸟，垂柳依水而立，插入水中的枝条撩得我欲逮水中游鱼。一年四季，我走在这条闹中取静的小道上都满心欢喜。走在垂柳下的男女老少也都各有各的故事和精彩。这棵树下，一位妙龄女子唱得忘情，水面似乎起了涟漪。那株树下，三位时尚大姐在摆姿势拍照，树下小花迎风招展甘为她们当背景。

一位老教师的青葱校园回忆

王月笙

“八月秋高风怒号，卷我屋上三重茅。”杜甫在诗中描述的场景，将五里庙退休老教师王文祥一下子带回到 20 多岁的年纪。他曾工作过的五里小学，最初是百姓捐草盖起来的，刮起风，屋顶的茅草便如诗中所写的状态。

若干年前，从小东门向东走五里路，就能看见一座约 200 平方米的庙，五里庙因此而得名。五里小学是在庙被拆除后兴建的。王文祥是在学校建成几年后 1963 年才去的。

五里小学的第一任校长是贾子璧，当年是乡里的贤达之士，建校初已经有 50 多岁了。据称，建校是在 1958 年左右，当时因为条件艰苦，没有充足的物资来建校，周围的百姓就捐草，你一捆我一捆，就这样将学校盖了起来。校舍最初的雏形就是几间茅草屋，屋顶是一层一层茅草铺起来的，一到刮风下雨的日子，几乎所有的师生就开始用石头盖在屋顶上，防止上面的草被风吹走。黄发垂髫共同努力保住校舍的场景，听王文祥讲述起来，已变得有些生动。“一壶浊酒喜相逢。古今多少事，都付笑谈中。”王文祥的好友胡孟杰抢先着说。

1963年，时年24岁的王文祥就来到五里小学，从此开始了一生为之奋斗的教书生涯。当年学校约有200名学生，12位老师，因学校距离较远，王文祥就和妻子住在学校搭建的一间低矮茅草屋内。

王文祥的生活清贫却不失豪爽，除了教书，还喜欢结交好友。只要有朋友过来，王文祥就会让妻子烧饭招待，其中客人最喜爱的就是他准备的“八毛八”，也就是当年三里街一家酿酒厂酿制的散装酒，八角八分钱一斤。茅草屋内几位好友相聚，烦恼和辛苦抛之脑后，不亦乐乎。当时，他还在抽一角五分钱一包的香烟。

1966年，当年郊区教育部门进行了一次危房检查，也就是那时，五里小学的所有房屋都被认定为危房，需进行改造。王文祥描述当年的场景说，当年的茅草房已经处处开裂，随时有倒塌的危险，地上老鼠横行。后来就在教育部门的主持下，在原址复建砖瓦房。几乎学校所有的老师都参与了进来，从货物装卸到建设，全程参与。60年代末，五里小学还曾改名五星小学，改革开放初期恢复原名。

原本校舍内的桌凳，都是学生从家中自带的，不过后来，有一批从市里淘汰下来的教学物品，在教育部门的牵头下，终于给学校大大补给了一把。

不得不提一下贾子璧，据称当年五里小学之前，他就开设了五里学堂，从事私塾教育。据他的学生朱维年回忆，贾子璧精通国文，常写文言文，自己不仅教授国文，还有珠算。20世纪50年代，贾子璧跟学生调侃随口而出的一副对联，让当年的学生记忆犹新，“吊地主夏三噘嘴；打菩萨胡九伤心。”对联中的夏三和胡九，是当年的贫下中农。五里庙中的五里，为何要从小东门算起，朱维年说，因小东门当时有个城墙，算是城区，出城向东五里即是五里庙。今天合肥地名中如“十里庙”也是因此得名。

当初，校门口的巢湖南路，一到下雨天，便积水很深，泥泞遍地。若有乘客要去五里庙，司机便眉头紧锁，说一句“去不了”便溜掉了。

今天，五里庙已和从前大不一样了，学校经过几次重建，令王文祥感叹变化太大了。早已退休的王文祥也和老伴从茅草屋搬到学校建的宿舍内，条件和商品住宅已无差别，王文祥还有了自己独立的书房，闲暇便入其中，笔耕不辍。

图书在版编目(CIP)数据

“我与老城复兴”佳作选/中共合肥市包河区委宣传部主编.—合肥：合肥工业大学出版社，2019.10

ISBN 978-7-5650-4679-7

Ⅰ.①我… Ⅱ.①中… Ⅲ.①散文集—中国—当代 Ⅳ.①I267

中国版本图书馆CIP数据核字(2019)第246806号

“我与老城复兴”佳作选

WO YU LAOCHENG FUXING JIAZUOXUAN

中共合肥市包河区委宣传部 主编　　责任编辑 疏利民

出　版	合肥工业大学出版社	版　次	2019年10月第1版
地　址	合肥市屯溪路193号	印　次	2019年11月第1次印刷
邮　编	230009	开　本	710毫米×1010毫米 1/16
电　话	总 编 室：0551-62903038	印　张	12.75
	市场营销部：0551-62903198	字　数	152千字
网　址	www.hfutpress.com.cn	印　刷	安徽联众印刷有限公司
E-mail	hfutpress@163.com	发　行	全国新华书店

ISBN 978-7-5650-4679-7　　定价：36.00元